le fantôme amoureux

J'AI LU

Barbara Cartland est une romancière anglaise dont la réputation n'est plus à faire.

Près de trois cents romans variés et passionnants mêlent aventures et amour.

Les Éditions J'ai Lu *en ont déjà publié plus d'une centaine que vous retrouverez dans le catalogue gratuit disponible chez tous les libraires.*

Les Éditions J'ai Lu *publient également* Les romans préférés de Barbara Cartland, *un choix des livres qui ont enchanté sa jeunesse.*

BARBARA CARTLAND

le fantôme amoureux

traduit de l'anglais par Véronique DAVID-MARESCOT

Éditions J'ai Lu

Ce roman a paru sous le titre original :

THE GHOST WHO FELL IN LOVE

1

– Demelza!

Demelza leva la tête de son livre et tendit l'oreille.

– Demelza! Demelza!

Elle bondit de son siège et courut jusqu'au palier, le long de la galerie de portraits au parquet grinçant.

Un élégant jeune homme, debout dans le hall, s'apprêtait à l'appeler de nouveau, son beau visage levé vers elle.

– Gérard! s'exclama-t-elle. Quelle surprise!

– Je sais que tu ne m'attendais pas, Demmy, dit le jeune homme, en usant du surnom enfantin qu'il lui donnait quand il avait quatre ans.

Elle dévala les marches et se jeta au cou de son frère.

– Attention, dit-il d'un air de reproche, tu vas abîmer mon foulard.

– Qu'il est original! Oh, Gérard, c'est vraiment très élégant.

– C'est aussi mon avis, répondit Gérard avec suffisance. Ça s'appelle le « mathématique ».

– Cela paraît bien compliqué à nouer.

– C'est vrai, acquiesça-t-il. Cela m'a pris des heures et une quantité de pièces de mousseline.

– Laisse-moi te regarder, dit Demelza.

Elle se recula pour admirer le fringant jeune homme dans ses pantalons étroits couleur champagne, son manteau à la coupe ajustée et son gilet sophistiqué.

– Ton nouveau tailleur ne se moque pas de toi, finit par dire Demelza, devinant son frère impatient du verdict, mais je préfère ne pas penser à la note.

– Je suis justement venu t'en parler, répondit Gérard Langston.

Demelza laissa échapper un cri.

– Gérard... Tu n'as pas fait de dettes?

– C'est presque ça, répliqua-t-il. Mais allons plutôt bavarder dans la bibliothèque. Et je prendrais bien un verre, il y avait un monde fou sur les routes.

– Je l'imagine aisément, c'est toujours ainsi à l'approche des courses, déclara Demelza.

A Ascot, les préparatifs commençaient longtemps avant le début des courses. Les chevaux arrivaient les premiers et on les installait dans les écuries à proximité du champ de courses. Les provinciaux se mettaient en route plusieurs semaines à l'avance; les Londoniens, quant à eux, arrivaient à Ascot durant la semaine qui précédait les courses.

En pénétrant dans la bibliothèque, Gérard promena autour de lui un regard qui surprit sa sœur : on eût dit qu'il évaluait le contenu de la pièce. Habituellement, quand il rentrait chez lui, c'était pour reprendre ses vêtements que Demelza et la vieille nourrice avaient lavés, repassés et raccommodés, ou parce que le manque d'argent l'avait contraint d'abandonner provisoirement son luxueux hôtel de Half Moon Street.

– Que cherches-tu? finit par demander Demelza.

Gérard avait laissé errer son regard sur les rideaux de velours défraîchis, le tapis élimé par endroits et les fauteuils qui avaient bien besoin d'être recouverts depuis au moins dix ans.

Malgré son air pauvre et délabré, la pièce ne manquait pas d'allure ni de beauté, ce qui fit dire à Gérard, avec un soupir de soulagement :

– Ce n'est pas si mal. Après tout, il n'y a que chez les *parvenus* (1) et les nouveaux riches que tout est somptueux et bien arrangé.

– Que veux-tu dire, mon chéri? interrogea Demelza de sa voix douce.

– Je t'ai apporté une nouvelle incroyable, répondit Gérard, tiens-toi bien car tu vas être étonnée.

– Qu'est-ce que c'est? Quelle nouvelle? fit Demelza, vaguement anxieuse.

– J'ai loué la maison pour toute la semaine prochaine.

Après un silence, Demelza demanda, incrédule :

– Loué la maison?... Que veux-tu dire?

– Exactement ce que j'ai dit, répondit Gérard en se laissant tomber sur le canapé qui gémit sous son poids.

– Mais... Pourquoi?... Dans quel but?... A qui?

Les questions se pressaient sur les lèvres de Demelza. Il y eut un silence lourd que Gérard finit par rompre.

– Au comte de Trevarnon. (Les yeux écarquillés, Demelza le regardait et il poursuivit :) Attends un peu de savoir combien il m'a offert.

(1) En français dans le texte.

– Mais pourquoi veut-il venir... ici?

– La réponse est facile, répliqua Gérard, l'hôtel de la Couronne a complètement brûlé dans la nuit d'avant-hier.

– Brûlé! s'exclama Demelza. Mais c'est horrible! Il y a des victimes?

– Je ne sais pas, répondit-il avec indifférence. Trevarnon avait loué tout l'hôtel, pour les courses.

– Et maintenant, il ne sait plus où loger, dit doucement Demelza.

– Il était désespéré, expliqua Gérard. Tu sais comme moi qu'il n'y a plus une chambre, plus un lit de libre dans tout le district.

Demelza savait qu'il disait vrai.

Contrairement à Epsom, qui était situé à faible distance de Londres, Ascot s'en trouvait éloigné d'une cinquantaine de kilomètres. Aussi, rares étaient ceux qui pouvaient couvrir le trajet dans la journée et encore devaient-ils faire étape pour changer de chevaux. Pour la majorité des turfistes, le voyage durait cinq jours et c'est pourquoi il y avait tant de monde dans les environs.

Seules trouvaient à se loger les personnes assez fortunées pour s'offrir le château de Windsor ou un manoir, dont les loyers étaient astronomiques.

Les autres devaient payer des sommes exorbitantes le droit de s'entasser dans les auberges locales, au confort plus que sommaire. Parfois, un client rentrant d'une promenade dans la lande apprenait qu'il devrait se contenter d'un canapé ou d'un tapis.

Demelza n'avait pas besoin que son frère lui expliquât ce que signifiait l'incendie d'un hôtel comme celui de la Couronne, à Bracknell, le vendredi précédant les courses.

Gérard entreprit de lui raconter comment cela s'était passé.

– Nous étions en train de prendre un verre, au club White, quand Trevarnon a appris la nouvelle. « Que diable vais-je faire? » a-t-il demandé. Personne n'a répondu et il a poursuivi : « J'ai cinq chevaux engagés, dont Crusader! Ils sont déjà en route pour Bracknell. »

– Crusader? répéta Demelza dans un souffle.

C'était, de tous, le cheval qu'elle désirait voir. Il avait gagné de nombreuses courses et la presse ne tarissait pas d'éloges sur sa beauté et la noblesse de ses allures.

– Parfaitement, Crusader! assura le jeune homme, et je risque de perdre gros, s'il ne court pas!

– Oh, Gérard, comment as-tu pu faire cela? s'écria Demelza. Tu m'avais promis de ne plus jouer tant que tu n'aurais pas réglé une partie de tes dettes.

– Mais, avec Crusader, je suis assuré! répondit Gérard. Le comte lui-même a engagé une fortune sur lui.

– Le comte en a les moyens, dit tranquillement Demelza.

– Et moi aussi, maintenant que la maison est louée.

– Veux-tu dire que tu as réellement autorisé le comte et sa suite à loger ici?

– C'est ce que je m'efforce de te dire, Demmy. Ne sois pas stupide! Il paye rubis sur l'ongle et Dieu sait que nous avons besoin d'argent!

– Combien?

La voix de la jeune fille tremblait.

– Mille guinées! répondit Gérard avec une joie non dissimulée.

Sa sœur le considéra fixement, comme si elle n'en croyait pas ses oreilles.

– Mille guinées, répéta-t-elle après un moment. C'est... impossible... Tu ne parles pas sérieusement.

– Je te dis qu'il était désespéré, répondit Gérard. Le bar était bondé et il regardait autour de lui, comme s'il cherchait quelqu'un qui possédât une maison dans la région. Son regard s'est posé sur moi. « Langston, je crois me rappeler que vous habitez près d'Ascot », a-t-il déclaré lentement. « C'est exact, milord. » « Et votre maison est entièrement occupée? » « Non, milord », ai-je répondu, mais je doute qu'elle vous convienne. » « Qu'importe, dans les circonstances actuelles, pourvu qu'il y ait un toit! Je suppose que vous avez des écuries? » « Oui, il y a des écuries. » « Pour combien de chevaux? » (Gérard eut un geste de la main.) Je lui ai dit la vérité, Demelza. Que pouvais-je faire d'autre?

– Continue, implora-t-elle.

– « Environ quarante, milord », ai-je répondu. Le comte a alors traversé la salle et m'a pris à part. « Verriez-vous un inconvénient à m'accepter comme locataire? », a-t-il demandé. « Certainement pas, milord. » « Alors pourquoi hésitez-vous? » « La maison est si ancienne et, comme j'y suis rarement, nous avons peu de domestiques. » « C'est sans importance! » a répondu le comte, j'amènerai mon cuisinier, mon maître d'hôtel et autant de valets qu'il sera nécessaire. » Je n'ai rien répondu et, au bout d'un instant, il a déclaré : « Mille guinées, cela vous semble-t-il acceptable, pour une semaine? »

(Gérard marqua une pause, comme s'il se rappelait sa propre stupéfaction à l'énoncé de la somme.) Tout est arrangé : il arrive demain avec sa suite. Les chevaux devraient être ici dans la soirée.

– Mais, Gérard, comment allons-nous faire avec seulement Nattie et la vieille Betsy pour nous occuper de tout?

– Si l'accueil ne lui plaît pas, il ne pourra s'en prendre qu'à lui-même, déclara Gérard avec désinvolture. Et mille guinées, Demelza, pense un peu! (Puis, avec un regard légèrement embarrassé pour sa sœur, il ajouta :) Je m'apprêtais justement à passer ici le reste de l'été.

Cela signifiait qu'il n'avait plus un sou, Demelza le devinait. Il eût d'ailleurs été incapable de refuser une offre aussi généreuse, quelles qu'en fussent les conséquences.

Le manoir appartenait aux Langston depuis la suppression des monastères, sous Henry VIII. La demeure avait été agrandie et avait subi maintes transformations au cours des siècles. Mais elle avait conservé son toit à pignons, ses cheminées torsadées, ses croisées en losange. Demelza attribuait son aspect mystérieux et austère au fait qu'elle était destinée, à l'origine, à abriter des moines cisterciens.

Les Langston avaient connu des fortunes diverses; certains avaient été immensément riches et l'on trouvait parmi eux de puissants et prestigieux hommes d'Etat; d'autres s'étaient montrés prodigues et avaient dilapidé la fortune familiale. Aussi Gérard, dont le père et le grand-père appartenaient à la seconde catégorie, avait-il seulement hérité de la maison familiale et de quelques acres de forêt.

Il passait, bien entendu, le plus clair de son temps

à Londres où il fréquentait ces dandies et ces élégants, à la mode sous la régence, qui constituaient autour du jeune roi George IV l'élite du monde sportif.

Tandis que Gérard profitait des charmes de la vie londonienne, Demelza était contrainte de mener une vie retirée à la maison.

Elle n'avait jamais connu d'autre existence et le tourbillon mondain ne lui manquait pas. Elle aurait pu, pourtant, prétendre à une place dans la société si sa mère avait vécu et si sa famille avait été plus fortunée.

Cependant, Demelza était tout à fait satisfaite; elle aidait leur vieille bonne à tenir la maison, s'occupait du jardin et passait beaucoup de temps à lire. Mais, par-dessus tout, elle aimait monter les chevaux que, par bonheur, son frère ne pouvait garder à Londres. Il y avait Firebird, un cheval de course sur lequel Gérard fondait de grands espoirs et qui était désormais entraîné par la jeune fille et par Abbot, le vieux palefrenier qu'on avait toujours vu au manoir.

C'était Abbot qui avait insisté pour que Firebird courût à Ascot, monté par son petit-fils, Jem Abbot.

Jem avait grandi au manoir et commençait à être remarqué parmi les jeunes jockeys cherchant à se faire engager dans les courses renommées. C'est lui qui avait parlé à Demelza de la beauté incomparable et des performances exceptionnelles de Crusader.

– Tout ce qui te reste à faire, maintenant, était en train d'expliquer Gérard, c'est de mettre un peu d'ordre, de trouver des gens pour aider et un endroit où tu puisses dormir.

– Trouver... un endroit?... répéta Demelza stupéfaite.

– Tu peux difficilement rester ici, répondit le jeune homme. Ils sont tous célibataires et Trevarnon est un coureur, je te l'ai souvent répété. Je l'admire, mais je ne peux pas le laisser fréquenter ma sœur!

– Mais... Gérard... où veux-tu que j'aille?

– Il doit bien y avoir un endroit, répondit son frère avec une certaine désinvolture.

– Mais, si je m'en vais, Nattie et Betsy ne suffiront pas à la tâche. Quant au vieux Jacobs, il oubliera d'apporter du charbon à la cuisine ou de balayer. Il baisse de jour en jour.

– Tu ne peux pas rester ici. Un point, c'est tout!

Le ton de Gérard en disait long sur l'opinion qu'il avait du comte.

– Il est vraiment si perverti que cela?

Demelza n'avait pas eu besoin de préciser de qui elle parlait.

– C'est le diable lui-même, quand il s'agit de femmes, répliqua Gérard. Je n'ai jamais rencontré quelqu'un qui fût meilleur cavalier ni qui connût mieux les chevaux, c'est un fusil hors pair et un sportif accompli; mais il a un défaut...

– A t'entendre, j'ai l'impression qu'il n'est pas vraiment... un ami... pour toi, dit Demelza d'une voix douce.

– Un ami! s'exclama Gérard. Je pourrais difficilement prétendre à cela! Ses intimes se comptent sur les doigts d'une main. Il est aimable avec moi, il m'invite à ses réceptions et je l'admire... Bien sûr que je l'admire... C'est un homme du monde comme il n'y en a pas. Mais quand il s'agit des femmes...

– Il n'a jamais été marié?

– Mais il *est* marié.

– Je... ne savais pas. Tu n'as jamais fait allusion à la... comtesse.

– Elle est folle, enfermée dans un asile depuis douze ans.

– Folle! C'est horrible! Comme tu dois... le plaindre!

– Plaindre Trevarnon? dit Gérard en riant. C'est bien la dernière chose qu'on songerait à faire! Il possède la plus grande fortune d'Angleterre; il est riche comme Crésus. On dit même qu'il a prêté au roi, quand il était encore régent, des sommes énormes qu'il n'est pas près de se voir rembourser.

– Oui, mais sa femme qui est... folle.

– Cela ne semble guère l'affecter, et, en plus, c'est un obstacle rédhibitoire pour celles qui veulent le traîner jusqu'à l'autel.

– Peut-être aimerait-il être vraiment marié?

– Il n'y a aucune chance pour que cela arrive tant que sa femme vivra et je t'assure qu'il sait tirer avantage de sa situation de prisonnier. (Gérard eut un rire un peu amer.) On peut difficilement le blâmer, puisque les femmes dont il brise le cœur savent, dès le départ, qu'il ne pourra pas les épouser.

– Je comprends... dit Demelza.

– Tu ne comprends rien, répliqua Gérard avec brusquerie. Je veux que tu n'aies pas le moindre contact avec le comte, c'est tout! Tu quitteras la maison ce soir même, il n'y a pas à discuter.

– Mais pour aller où? Je ne peux pas partir seule chez tante Elisabeth, dans le Northumberland, et si Nattie m'accompagne, je suis sûre que Betsy refusera de faire quoi que ce soit.

– Mon Dieu! Mais qu'as-tu donc à créer tant de complications? s'écria Gérard.

– Je ne crée pas de complications... Je t'assure, mon chéri. Mais nous devons regarder la situation en face et tu sais aussi bien que moi que je m'occupe de la maison, je prépare tes repas quand tu es là, je contrôle le linge et je vérifie que les pièces sont bien aérées et entretenues.

– Eh bien, tu n'as qu'à engager quelqu'un pour te remplacer pendant quelques jours, répliqua le jeune homme d'un ton excédé.

– Engager qui? Toutes les femmes valides ont déjà été engagées pour la durée des courses.

L'argument était irréfutable et Gérard ne trouva rien à y répondre.

– En outre, poursuivit Demelza après un instant de silence, je ne veux pas risquer que des étrangers abîment les dernières choses qui nous restent, comme les draps en dentelle de maman ou les taies d'oreiller qu'elle a si joliment brodées. (Gérard allait répondre quand Demelza poussa un petit cri.) J'ai trouvé! Je sais ce que je vais faire! Le problème est résolu!

– Où vas-tu aller?

– Dans la chambre des prêtres!

– Dans la chambre des prêtres? répéta Gérard en écho.

– J'y dormirai, expliqua Demelza. Personne ne saura que je suis là et je pourrai m'occuper de la maison pendant que vous serez aux courses.

Gérard la considéra d'un air perplexe. Puis il dit avec lenteur :

– Je n'aime pas cela. C'est trop dangereux.

– Dangereux? s'étonna Demelza.

Il n'aurait su expliquer pourquoi mais, pour la

première fois de sa vie, il regardait sa sœur d'un œil différent. Il était si habitué à elle qu'il n'avait jamais été frappé par son charme infini ni par sa beauté d'une tout autre nature que la séduction des femmes qu'il fréquentait à Londres. Il y avait quelque chose de juvénile, de presque enfantin même dans ses yeux immenses, couleur de pensée, et dans l'ovale de son petit visage. C'était une particularité des Langston : à certaines lumières, leurs yeux semblaient violets. Gérard possédait le physique traditionnel des Langston tandis que Demelza avait hérité de sa mère des cheveux d'un blond très pâle, presque argenté. L'ensemble formait un contraste saisissant et insolite, qui ne laissait pas de fasciner. Elle était de quatre ans plus jeune que son frère et il la considérait toujours comme une enfant, quoique, dans certains domaines, ce fût elle qui veillât sur lui comme une mère.

Il se disait, à présent, que son devoir était de la protéger et, particulièrement, d'un homme comme le comte de Trevarnon.

– Pourquoi me regardes-tu ainsi? demanda Demelza.

Il eut un sourire séduisant et juvénile.

– Je me disais que, convenablement habillée, tu serais la coqueluche de St. James.

– J'espère bien que non! s'exclama Demelza. Maman disait toujours qu'il était très vulgaire pour les dames qu'on parlât d'elles dans un club. En fait, cela signifie qu'elles ne sont pas des... dames!

– Allons, de toute façon, la question ne se pose pas, dit Gérard, soudain autoritaire. Si je te permets de rester dans la chambre des prêtres, tu dois me jurer que tu n'emprunteras pas les issues secrètes tant que Trevarnon ou l'un de ses invités sera dans la maison. (Après une pause, il ajouta :) J'y tiens, Demelza. Tu dois me donner ta parole d'honneur, sinon tu pars pour le Northumberland avec Nattie.

– Bien sûr que je te le promets, dit Demelza d'un ton désarmant. Crois-tu que j'aie envie de rencontrer des hommes dans le genre du comte ou d'un de tes vantards d'amis?... J'ai beau être fascinée quand tu me parles d'eux, je désapprouve totalement leur conduite.

Gérard éclata de rire.

– Tu n'y connais rien, Dieu merci! Bon, je te crois. Je commets peut-être une erreur mais je conçois que la maisonnée ne puisse pas fonctionner sans toi.

– Voilà la chose la plus gentille que tu m'aies dite! répliqua Demelza en souriant. Mais, Gérard, puisque tu as tant d'argent, il faudra que tu m'en donnes un peu pour payer les gages des domestiques et pour nous nourrir, après ton départ.

– Bien entendu, répondit-il. Je me montre souvent goujat envers toi, Demelza, mais puisque tu partages le pire, tu peux bien partager aussi le meilleur.

– Merci, mon chéri. Je savais que tu comprendrais, dit-elle en déposant un baiser sur la joue de son frère. Je déteste devoir de l'argent aux fournisseurs.

– Je n'ai pas encore encaissé le chèque de Trevarnon mais je peux déjà te donner une ou deux guinées, pour les premières dépenses.

Il sortit quelques pièces de sa poche et les fourra dans la main de sa sœur qui l'embrassa à nouveau.

– Maintenant, il faut que j'aille tout préparer. Il

nous reste peu de temps si ces messieurs arrivent demain. Tu devrais aller dire à Abbot de s'occuper des écuries. Les boxes sont en bon état, à part les trois derniers qui prennent l'eau.

– Cela m'étonnerait qu'il pleuve, dit Gérard. Il faisait si chaud, en chemin, que Rollo et moi étions fourbus avant même d'avoir atteint Windsor.

– Tu as monté Rollo tout le temps? Oh, Gérard, comment as-tu pu faire une chose pareille?

– Il a pu se reposer pendant que je mangeais un morceau et je ne l'ai pas poussé durant les huit derniers kilomètres, répondit-il. Je suis passé à travers champs aussi, c'est plus court. Je ne peux pas me permettre d'avoir plus d'un cheval à Londres.

– Oui, je sais. Mais c'est une course trop longue pour lui.

– Et pour moi donc! Je présume que je ne peux même pas prendre un bain?

– Bien sûr que si, si tu ne crains pas l'eau froide.

– Cela me conviendra quand même.

– Je vais le préparer, dit Demelza. Au fait, il faudra que tu achètes une bouteille de vin. Il n'en reste plus beaucoup en bas. Je suppose que Sa Seigneurie apportera sa cave?

Gérard eut un sourire narquois.

– Il risque d'avoir soif, s'il se contente de nos réserves.

Demelza se dirigea vers la porte.

– Tu ne m'as pas dit combien vous serez?

– Six, avec moi.

– Et tu dîneras ici, ce soir?

Gérard secoua la tête.

– Je dois aller à Winkfield pour prévenir Dysart

que le comte logera ici. Ils dîneront ensemble mardi, après le Grafton Sweep, que le duc d'York est certain de remporter avec son cheval Trance.

– Je pense en effet qu'il gagnera, avec Trance, dit Demelza d'un air réfléchi. On a beaucoup misé sur lui?

– Des milliers de livres, répondit Gérard.

Demelza lança à son frère un regard pénétrant.

– Combien as-tu joué?

– On ne risque pas de perdre avec Trance et Moses, tu le sais parfaitement, répondit le jeune homme.

Malgré qu'elle en eût, Demelza savait qu'il disait vrai. Trance était un cheval exceptionnel; quant à Moses, il avait permis au duc d'York de remporter le Derby, l'année précédente. De tous les chevaux engagés dans les courses, Moses était le plus extraordinaire, Crusader excepté.

Demelza grimpa l'escalier en toute hâte pour aller ouvrir les chambres dont la plupart étaient depuis longtemps inoccupées et elle se mit à penser avec ravissement aux chevaux qu'elle verrait, deux jours plus tard. Ils avaient beaucoup plus d'importance, à ses yeux, que la foule des élégants qui assistaient aux courses et, à l'idée que Crusader serait hébergé dans l'écurie du manoir, elle ressentait une émotion rarement éprouvée. Elle avait hâte d'en parler avec Abbot mais elle devait d'abord préparer la maison pour recevoir le comte et ses invités; elle espérait seulement qu'il n'aurait pas l'impression d'avoir gaspillé son argent.

Les chambres vastes, au plafond bas, avec leurs murs lambrissés et sculptés, leurs immenses lits à colonnes dont le baldaquin touchait presque le plafond, l'avaient toujours enchantée et meublaient, pour une grande part, sa vie imaginaire.

En tirant les rideaux usés par endroits, en ouvrant les fenêtres à petits carreaux, elle se demandait si le comte, qui était si riche, s'apercevrait du délabrement de la demeure. Peut-être ne prêterait-il aucune attention à la beauté un peu passée des tapisseries ni à la teinte des parquets cirés, ni aux délicates nuances des tapis.

Demelza voyait dans chaque pièce, chaque tableau, chaque meuble, le rappel de la grandeur de l'histoire des Langston.

Par bonheur, à cause de la chaleur, elle avait disposé un peu partout des pots-pourris dont le parfum se répandait dans les chambres. Sa mère lui avait enseigné une recette, transmise de génération en génération depuis l'époque élisabéthaine, ainsi que le secret de fabrication d'une encaustique pour les meubles et les parquets. Elle savait aussi l'art de confectionner des cordiaux pour les villageois souffrant de troubles sur lesquels le médecin de Windsor jugeait indigne de se pencher.

Le manoir était si calme, d'habitude. Situé à la lisière de la forêt de Windsor, il était entouré d'arbres et, bien qu'il ne fût distant que d'un kilomètre environ du champ de courses, le bruit de la foule ne parvenait pas jusqu'à lui. Mais, à présent, Demelza trouvait passionnant que le manoir fût tiré de sa tranquillité et participât à l'excitation de la semaine des courses.

Si elle avait insisté pour rester, contre la volonté de Gérard, ce n'était pas seulement qu'elle craignait de voir la maison aller à vau-l'eau durant son absence, mais aussi parce que, pour rien au monde, elle n'aurait manqué les courses. Depuis sa plus tendre enfance, elle les suivait et en aimait tous les moments.

Elle savait qu'en cet instant, comme chaque année, on était en train de monter les tentes et les baraques foraines. Il y aurait des rafraîchissements et toutes sortes d'attractions : des jongleurs, des saltimbanques, des monstres et quantité de jeux qui allégeraient tous les inconscients de leur argent économisé à grand-peine.

L'année précédente, Jem s'était laissé embobeliner par les nombreux joueurs de gobelet. A ce jeu, que son grand-père avait dédaigneusement qualifié d' « attrape-nigauds », il avait perdu plus d'une guinée en essayant de deviner les numéros qui sortiraient.

Il y aurait aussi les hordes habituelles de voleurs à la tire. Avec Nattie, qui l'accompagnait toujours, elles riaient encore en se rappelant cette bande qui avait dérobé soixante-dix manteaux dans les voitures et les baraques, un jour où la chaleur était aussi torride que celle prévue pour les jours prochains.

Ces souvenirs enchantaient Demelza; ils lui fournissaient des sujets de conversation et étaient prétexte à rire durant toute l'année, jusqu'aux courses suivantes.

« Si je devais les manquer, j'en serais malade, se dit-elle, surtout cette année, avec Crusader dans l'écurie; non seulement je le verrai courir mais je pourrai lui parler, le toucher. »

Et quelle chance que ce grand-père prodigue, qui avait gaspillé des fortunes en chevaux trop lents et en femmes trop lestes, eût fait construire ces belles écuries!

« Peut-être les boxes seront-ils tous occupés », pensa Demelza.

Le regard brillant, elle se dirigea vers l'armoire pour vérifier s'il y aurait assez de linge pour garnir six lits. Entre les draps et les taies d'oreiller, elle avait glissé de petits sachets de lavande, préparés l'année précédente. Elle hésita un instant devant la pile de linge bordé de dentelle qui avait fait la joie et la fierté de sa mère.

Puis elle soupira :

– Après tout, il paye assez cher, il le mérite.

Elle emporta une paire de draps dans la chambre de maître qui avait été occupée par des générations de Langston depuis que le roi Henry VIII avait fait don du monastère et de ses dépendances à sir Gérard. C'était là aussi qu'avait dormi le père de Demelza.

Quant à Gérard, il avait préféré conserver sa propre chambre, remplie des trésors de son enfance et des trophées gagnés à Oxford, lors des courses auxquelles il avait participé, en amateur, avec ses chevaux.

Les rideaux étaient tirés et les fenêtres ouvertes quand Demelza pénétra dans la chambre. Elle déposa les draps sur le lit. Par amour pour son père, elle avait laissé à leur place tous ses objets personnels : ses brosses en ivoire trônaient sur la coiffeuse et ses bottes de cheval, bien cirées, étaient encore dans la penderie.

« Il faut que j'enlève tout cela », se dit la jeune fille.

Elle allait ranger les affaires de son père dans l'armoire du couloir quand, soudain, elle eut une meilleure idée. Elle avisa le panneau de bois décoré de fleurs délicatement sculptées qui ornait le côté droit de la cheminée, tendit la main et appuya sur l'un des pétales.

Le panneau s'ouvrit en silence, découvrant un escalier. C'était l'un des passages secrets auxquels Gérard avait fait allusion et qui menait à la chambre des prêtres, en haut de la maison. Transformée en chapelle sous Elisabeth, elle avait servi de refuge à de nombreux prêtres, à l'époque où les protestants, sous les ordres de Mary, la sœur de la reine, persécutaient les catholiques et les brûlaient sur le bûcher. Le manoir des Langston avait été aussi la plus fameuse cachette de jésuites de toute l'Angleterre.

Demelza pensait que plusieurs escaliers dérobés avaient été construits avant cette époque, peut-être par les moines eux-mêmes, pour surveiller les novices ou pour des raisons plus sinistres encore. Mais c'est durant le règne d'Elisabeth que la maison s'était transformée en un labyrinthe d'escaliers et de passages étroits qui débouchaient dans presque toutes les pièces principales. Quand Demelza serait dans la chambre des prêtres, nul ne pourrait soupçonner sa présence dans la maison. « Et si quelqu'un m'aperçoit, se dit la jeune fille en souriant, il croira que je suis le fantôme de la Dame Blanche. »

Elle devrait penser à dire à Gérard qu'il mentionne, sur le ton de la plaisanterie, le fantôme des Langston, dont la légende était connue dans toute la région.

Sous Cromwell, les Langston s'étaient ostensiblement détournés de la politique. Mais les troupes de Cromwell avaient occupé à plusieurs reprises le manoir et ses dépendances. La fille du baronet était tombée amoureuse d'un fugitif du camp royaliste qu'elle avait caché dans la chambre des prêtres; mais, un jour qu'elle était sortie, un domestique félon l'avait trahi. Le fugitif avait été tiré de sa cachette par les soldats, exécuté sur-le-champ et enterré avant le retour de la châtelaine. La légende voulait que la dame, ignorant ce qui s'était passé, se languît d'angoisse, mourût et que son spectre hantât les lieux, à la recherche de son fiancé.

En réalité, Demelza n'avait jamais vu la Dame Blanche mais elle avait souvent senti sa présence dans la galerie des portraits, tard dans la nuit, ou entendu ses pas dans l'escalier en colimaçon qui menait à la chambre des prêtres. Il n'était pas rare, en revanche, que les servantes, surtout les plus jeunes, persuadées d'avoir vu le fantôme, se missent à pousser des hurlements. Nattie, elle-même, avait avoué « avoir ressenti un souffle froid entre les omoplates » et s'était plainte qu' « un revenant avait marché sur sa tombe ».

« J'aurai l'impression d'être réellement un fantôme quand ils feront la fête dans la salle à manger, se dit Demelza, car je serai enfermée et dans l'impossibilité d'y participer. » Et elle éclata de rire; au fond, peu lui importaient les dîners donnés par le comte, puisqu'elle pourrait être avec Crusader et les autres chevaux dans les écuries. « Abbot me racontera tout sur eux. » Elle connaîtrait ainsi leur pedigree, la façon dont ils étaient nourris quand ils participaient à une course importante.

– Existe-t-il quelque chose de plus passionnant? demanda-t-elle à voix haute.

Elle jeta un regard à la couverture de velours, sur le grand lit : de rouge qu'elle était, autrefois, elle était passée à un joli ton vieux rose. C'est là que dormirait le propriétaire de Crusader.

« Demain, je cueillerai des roses, se dit-elle. Elles

sont exactement de la même nuance et je les disposerai sur la coiffeuse. »

Le comte les remarquerait-il seulement?

Il ne remarquerait probablement que les traces d'humidité au plafond et le tiroir de la commode auquel il manquait une poignée. « De quoi aurions-nous honte? se dit Demelza avec une moue de dédain. Il sera certainement mieux ici qu'à l'hôtel de la Couronne et, même si la maison ne lui plaît pas, il n'a pas le choix. »

Le fait même d'accepter de l'argent de quelqu'un d'aussi riche la blessait presque dans sa fierté.

« Notre famille vaut largement la sienne », se dit-elle en relevant le menton d'un air de défi. Elle entendit alors la voix de Gérard, amplifiée par l'écho du hall, qui l'appelait. Elle traversa le couloir en courant et se pencha par-dessus la rampe.

– Qu'y a-t-il? demanda-t-elle.

– J'ai à te parler. Mais d'abord, que se passe-t-il avec mon bain?

Demelza sursauta et prit un air coupable : elle avait été si impatiente d'ouvrir les chambres qu'elle en avait oublié le bain de son frère.

– Il sera prêt dans quelques minutes, promit-elle.

Elle se précipita dans la chambre de Gérard; dans l'armoire, elle trouva le tub qu'il utilisait quand il était à la maison. Elle le posa sur la carpette, prépara un tapis de bain et une serviette blanche puis elle dévala les marches de l'escalier.

Heureusement, à cette heure de la journée, le vieux Jacobs estimait que son service était terminé et Demelza le trouva dans la cuisine comme elle s'y attendait, en train de bavarder avec Nattie devant un verre de bière.

Demelza fit irruption dans l'immense pièce au sol dallé, dont les longues poutres où se balançaient, en des temps plus prospères, des jambons, des pièces de lard et des chapelets d'oignons, semblaient aujourd'hui désespérément nues. Nattie leva un regard étonné sur la jeune fille. Ses cheveux grisonnaient déjà, bien qu'elle eût tout juste atteint la cinquantaine. Avec son tablier impeccable et son visage plutôt sévère, elle demeurait toujours la même : une nourrice affectueuse et tendre mais aussi stricte et disciplinée.

– Qu'y a-t-il, miss Demelza? demanda Nattie, surprise. Vous êtes toute décoiffée.

– Sir Gérard est à la maison, Nattie!

Demelza vit une lueur s'allumer dans l'œil de la brave femme. Gérard était la seule personne au monde que Nattie préférât à Demelza dont elle s'était occupée depuis la naissance.

– A la maison! s'écria-t-elle. Je suppose qu'il va rejoindre ses distingués amis?

– L'hôtel de la Couronne a entièrement brûlé la nuit dernière, expliqua Demelza haletante. Ce qui signifie qu'il va se passer toutes sortes de choses passionnantes ici.

– Ici?

– Sir Gérard veut prendre un bain, Jacobs. (Le vieil homme, qui était dur d'oreille, n'avait pas entendu.) Un bain, Jacobs, répéta-t-elle. Il faut monter deux brocs d'eau dans la chambre de sir Gérard.

Jacobs posa son verre. C'était un homme dévoué, auquel on pouvait faire confiance si on lui donnait des instructions précises.

– Vous avez dit deux brocs, miss Demelza?

– Deux brocs, répéta la jeune fille d'un ton ferme.

Il sortit de la cuisine d'un pas traînant et Demelza, le regard brillant, se mit à raconter à Nattie comment leur existence promettait d'être mouvementée, durant les jours prochains.

2

– Vous m'emmenez au château de Windsor, demain ?

– Non.

– Pourquoi ? Je croyais que vous restiez ici, puisque vous ne pouvez plus aller à Bracknell.

– J'ai d'autres projets.

– De toute façon, vous resterez dans la région d'Ascot, alors je suis sûre que vous pouvez me déposer au château, en passant.

Il était difficile d'imaginer qu'un homme pût résister aux désirs de lady Sydel Blackford. Etendue sur une chaise longue, très peu vêtue d'un déshabillé vaporeux et transparent qui révélait la perfection de son corps, elle paraissait extrêmement séduisante. On lui avait si souvent répété qu'elle ressemblait à l'exquise Pauline Borghese, sœur de Napoléon, sculptée par Canova, que, d'instinct, elle en imitait la pose. Ses cheveux dorés étaient relevés sur sa tête et ses yeux bleus observaient le comte à travers de longs cils sombres qui devaient plus à l'artifice qu'à la nature. Tout en elle, d'ailleurs, semblait un peu artificiel, bien que sa beauté et son charme sensuel fussent indiscutables.

Et, pourtant, bien calé dans son fauteuil, un verre de brandy à la main, le comte semblait indifférent à la beauté et au regard suppliant de lady Sydel.

– Pourquoi ne descendriez-vous pas au château? demanda-t-elle avec une moue boudeuse. Le roi vous l'a maintes fois proposé et vous savez très bien qu'il aime votre compagnie.

– Je préfère être seul, répondit le comte, surtout pendant la semaine des courses, où je ne dois penser qu'à mes chevaux.

– Et à moi? demanda lady Sydel. (Devant le silence du comte, elle reprit, d'un air irrité :) Pourquoi vous dérobez-vous constamment? Cela devient agaçant à la longue et, si ce n'était pas une habitude chez vous, je pourrais penser que vous le faites exprès.

– Si je ne vous plais pas, il y a un remède évident, fit remarquer le comte.

Lady Sydel eut un geste désemparé de ses mains aux longs doigts trop frêles pour les énormes bagues.

– Je vous aime, Valient! Je vous aime, vous le savez, et je désire être à vos côtés.

– Mais nous serons entre célibataires, vous le savez également.

– Et où donc irez-vous, maintenant que l'auberge de Bracknell ne peut plus vous accueillir?

– J'ai loué la maison de Langston. Elle est située, si je ne me trompe, tout près du champ de courses.

– Langston? Serait-ce ce beau jeune homme sans le sou, du moins à ce qu'on dit?

– Cela me semble être une description assez exacte, répliqua le comte d'un ton sec.

Lady Sydel éclata de rire.

– Alors, vous allez sans aucun doute vous retrouver dans un vieux manoir tout délabré, sans confort, au toit percé et la pluie vous coulera sur la tête.

– Ce qui, le cas échéant, ne manquerait pas de vous ravir.

– Vous auriez mieux fait de venir avec moi au château de Windsor, répliqua-t-elle d'une voix douce et charmeuse. (Mais, voyant le comte bâiller, elle reprit avec vivacité :) Sa Majesté vous attend à dîner mardi.

– Je l'ai prévenue que je viendrais jeudi, quand j'aurai gagné la Gold Cup.

– Vous êtes bien sûr de vous.

– Je suis sûr de mon cheval, ce qui revient au même d'ailleurs.

– Il est fâcheux, Valient, que vous obteniez toujours ce que vous désirez, qu'il s'agisse de chevaux ou de femmes.

Le comte réfléchit un moment avant de répondre cyniquement :

– J'ai davantage de chance avec les secondes.

– Je vous déteste! s'exclama lady Sydel. Si c'est à Charis Plymworth que vous pensez, je vous jure que je lui arracherai les yeux! (La réponse du comte ne venant pas, elle poursuivit :) Je crois savoir, à présent, pourquoi vous ne viendrez pas au château mardi soir. Vous dînez avec John Dysart et Charis Plymworth doit loger chez lui.

– Si vous savez que je suis déjà pris, pourquoi insister pour que j'accepte une autre invitation?

– Je n'aurais jamais cru que vous puissiez vous montrer si déloyal, si abominablement cruel avec moi.

Le comte haussa les sourcils et prit une gorgée de brandy.

– Ma chère Sydel, je ne me suis jamais pendu aux jupons d'aucune femme et laissez-moi vous dire, clairement et une fois pour toutes, que je ne me pendrai pas aux vôtres.

– Mais je vous aime, Valient! Nous avons tant besoin l'un de l'autre et je pensais que vous m'aimiez, vous aussi.

Sa voix se brisa et il y eut un moment d'émotion. Le comte se leva alors et posa son verre sur la cheminée.

– Le mélodrame m'ennuie, Sydel. Je vais prendre congé, je vous retrouverai à Ascot, dans la loge royale.

Il se pencha pour lui baiser la main mais elle lui tendit les bras.

– Embrassez-moi, Valient, embrassez-moi! Je ne peux pas supporter que vous me quittiez. J'ai besoin de vous, si désespérément besoin de vous! Je vous tuerais plutôt que vous laisser aimer une autre femme.

Le comte baissa les yeux sur la jeune femme dont le regard étincelait de passion et qui le provoquait, avec son corps à demi nu et sa tête renversée.

– Vous êtes très belle, Sydel, dit-il d'une voix qui démentait le compliment, mais vos démonstrations d'affection commencent à m'ennuyer. Je vous verrai aux courses.

Il sortit sans hâte et sans se retourner.

Alors lady Sydel poussa un cri de rage; de ses poings serrés, elle martela les coussins de soie qui jonchaient la chaise longue jusqu'à ce qu'elle retombât, épuisée. Elle se mit à fixer d'un regard vide le plafond décoré de fresques. Pourquoi la quittait-il toujours ainsi, frustrée et désespérée? Elle s'était conduite de façon plutôt stupide avec lui. Pour avoir eu de nombreux amants, elle aurait dû savoir que les hommes, après l'amour, désirent être rassurés, flattés et non entraînés dans une discussion comme celle qui venait d'avoir lieu. Mais son insatiable jalousie la poussait à bouder ou à faire des scènes, qui précipitaient les hommes à ses genoux mais qui laissaient le comte de glace.

– Le diable l'emporte! s'exclama-t-elle. Pourquoi serait-il différent des autres?

Elle ne connaissait que trop bien la réponse : il était différent! C'est pour cela qu'elle s'était juré de le rendre aussi amoureux d'elle qu'elle l'était de lui. Et, pourtant, elle avait l'impression qu'elle n'avait réussi à faire de lui son amant que quand il l'avait décidé, lui, et il ne semblait pas plus épris d'elle qu'il ne l'avait été de dizaines d'autres femmes.

Au début, lady Sydel était persuadée qu'avec elle, tout serait différent. N'était-elle pas la plus fêtée de toutes les femmes du *beau monde* (1)? Tous les don Juans, tous les coureurs n'étaient-ils pas fascinés par sa beauté? Ne lui suffisait-il pas d'un geste pour les précipiter à ses pieds, s'il lui en prenait l'envie?

Il n'y avait aucun doute : le comte la négligeait. Elle voyait bien que, même quand ils faisaient l'amour, son esprit et probablement son cœur – s'il en avait un – étaient ailleurs. Et, depuis qu'il avait rencontré lady Plymworth, il était encore moins attentionné qu'auparavant.

– Je la hais! Dieu, que je la hais! répétait lady Sydel en sanglotant.

La seule pensée de Charis Plymworth, avec sa chevelure flamboyante et ses yeux verts en amande, lui donnait des envies de meurtre.

(1) En français dans le texte.

« Je la tuerai, et je le tuerai aussi! » se dit-elle. Son ton féroce indiquait qu'elle entrait dans une de ses rages folles qui terrifiaient son entourage et lui faisaient parfois peur à elle-même.

Allongée sur la chaise longue, elle s'imaginait, un poignard effilé à la main, effaçant le sourire qui illuminait le visage énigmatique de Charis Plymworth, avant de se retourner vers le comte. Elle se demanda ce qu'elle ressentirait en le voyant, gisant à ses pieds, la poitrine ensanglantée. Puis elle se dit que, sans lui, sa vie perdrait son sens et qu'elle devait tout faire pour qu'il restât son amant.

– Charis Plymworth ne l'aura pas!

Sa voix semblait résonner dans le boudoir, se mêler aux effluves du parfum exotique dont elle usait et des tubéreuses dont elle s'entourait depuis qu'on lui avait dit qu'elles exhalaient l'odeur de l'amour.

Elle se leva et se dirigea vers le miroir au cadre doré accroché à l'extrémité de la pièce. Là, elle examina son long cou blanc et rond, ses yeux et ses lèvres où se lisait encore la passion, et les courbes de son corps que les hommes comparaient à celui d'une divinité grecque.

« Aucun homme ne m'a fait vibrer ainsi, se dit-elle, je ne veux pas le perdre. Je ne le perdrai pas! »

Installé dans son phaéton haut sur roues qu'il conduisait lui-même, le comte s'interrogeait sur les raisons qui poussent les femmes à s'abandonner, physiquement ou moralement, après un plaisir amoureux particulièrement intense. Cela semblait libérer certains éléments de leur personnalité qu'elles contrôlaient jusqu'alors. Il était las du caractère possessif de Sydel et de sa jalousie maladive.

« Quelle folie d'avoir eu une liaison avec elle! » se dit-il. Il décida qu'à son retour à Londres, il ne se présenterait plus à la maison de Bruton Street, dont le seuil était usé, à en croire les mauvaises langues, par les allées et venues des amants de la jeune femme.

« Elle est belle mais ça ne suffit pas. »

La banalité de cette remarque le fit sourire. Au fait, qu'attendait-il des femmes? Il y en avait eu beaucoup dans sa vie mais toutes, comme Sydel Blackford aujourd'hui, l'avaient lassé tôt ou tard.

Charis Plymworth l'attendait. Elle le lui avait clairement fait comprendre lors de leur dernière rencontre et il la verrait mardi, au dîner avec lord Dysart. Ils n'auraient guère l'occasion d'échanger des propos intimes, d'autant que Dysart semblait entiché de Charis, ce qui laissait présager un prochain mariage. Le comte savait en effet que Charis, comme Sydel, souhaitait se faire épouser. Elles étaient veuves toutes deux mais, tandis que Sydel Blackford avait hérité de l'immense fortune de son mari, emporté par une crise cardiaque, Charis s'était retrouvée très démunie après l'assassinat de lord Plymworth, deux ans auparavant.

Le comte, un léger sourire aux lèvres, s'attarda à imaginer la crinière rousse et les yeux verts de la jeune femme et se dit qu'il serait amusant de l'habiller. Sa longue expérience l'avait rendu expert en matière de toilettes et il avait acquis un goût très sûr à force de régler des factures de couturiers... Aussi décida-t-il de mettre immédiatement son projet à exécution.

« Du vert, se dit-il, et, naturellement, elle voudra

quelques émeraudes pour assortir. Un bleu paon serait aussi du meilleur effet; on y ajouterait des diamants qui scintilleraient à ses oreilles et dans ses cheveux. »

Il espérait qu'ils étaient longs, doux et soyeux. La chevelure de Sydel était épaisse mais un peu rêche au toucher. Une femme lui revint à l'esprit – comment diable s'appelait-elle? – ses cheveux étaient comme des fils de soie et ils lui descendaient plus bas que la taille. Etait-ce Cléo? Ou Janice? Décidément, il n'avait pas la mémoire des noms.

Le comte s'aperçut avec surprise qu'il arrivait à Grosvenor Square. La maison des Trevarnon était une vaste bâtisse impressionnante, que le comte avait entièrement fait modifier à la mort de son père. Comme le prince de Galles, il avait constitué une collection de tableaux qui suscitait l'admiration des connaisseurs. Les nombreux portraits de famille qu'il possédait représentaient à eux seuls une curiosité : il y avait le premier comte de Trevarnon par Van Dyck; Gainsborough et Reynolds avaient peint ses descendants et Valient lui-même, cédant aux instances du régent, s'était fait portraiturer.

Le comte pénétra dans le grand hall, orné de statues qu'il avait choisies lui-même avec discernement. Domo, le majordome, se précipita pour le débarrasser de son haut-de-forme et de ses gants.

– Vous avez tout préparé pour demain, Hunt?

– Tout est arrangé, milord.

– Je crois vous avoir déjà dit qu'il n'y a pas beaucoup de domestiques chez les Langston. Il faut parer à toute éventualité.

– J'ai tout prévu, milord. Le chef emmènera deux

marmitons et les laquais sont prêts à donner un coup de main pour le ménage, si nécessaire.

– Merci, Hunt. Comme tu es du voyage, je n'ai pas d'ordres à donner.

– Non, milord. Le chef se charge du ravitaillement car, pendant la semaine des courses, on ne doit pas trouver grand-chose.

– Certainement, répondit le comte en se dirigeant vers la bibliothèque, chassant de son esprit Ascot comme il en avait chassé lady Sydel.

Hunt s'occuperait de tout. Il s'occupait toujours de tout.

Le lendemain matin, le comte décida cependant d'arriver tôt au manoir de Langston afin d'y être avant ses invités. Comme tous les organisateurs-nés, il ne pouvait résister au besoin de tout vérifier par lui-même, même s'il disposait des domestiques les plus expérimentés, comme Domo et autres. C'était, à bien des égards, un perfectionniste, et il ne voyait aucune raison pour renoncer à son confort quand cela n'était pas indispensable.

Après un solide petit déjeuner arrosé de café, le comte fit atteler une paire de ces alezans que lui enviaient tous les cavaliers de St. James et quitta Londres aussitôt. Il eût préféré un attelage de six chevaux, comme ceux qu'il conduisait, en compétition, avec le prince de Galles. Un tableau représentait d'ailleurs ce dernier pilotant un phaéton sur la route d'Ascot avec, bien entendu, une jolie femme à ses côtés. Mais il savait par expérience qu'il aurait du mal avec pareil équipage à se frayer un chemin dans les encombrements, aux environs d'Ascot, et que cela risquait de le retarder.

Le soleil brillait et il faisait déjà très chaud. Comme le comte l'avait prévu, la route était envahie d'une multitude de carrosses, de tilburies, de chaises à porteur, de carrioles et de cabriolets. Si, au cours des cinq jours qu'il devait passer à Ascot, il s'avérait qu'il avait oublié quelque chose, il serait toujours possible d'envoyer un valet à Londres. Son administrateur s'en occuperait immédiatement.

Il se félicita d'avoir trouvé une solution de dernière minute, plutôt ingénieuse, après l'incendie de l'hôtel de la Couronne. Il savait qu'il n'y avait pas une maison à proximité d'Ascot, qu'il s'agît du château de Windsor ou de celles louées par ses amis ou leur appartenant, où on ne l'eût accueilli avec plaisir. Mais, depuis longtemps, il s'était fait une règle de rester seul avec ses chevaux pour les grandes courses et de ne pas dépendre des lubies ou des caprices d'autrui; quant aux femmes, elles représentaient une distraction dont il pouvait se passer quand il avait besoin de se concentrer sur les compétitions.

Il changea deux fois de chevaux en chemin afin de respecter l'emploi du temps qu'il s'était fixé. En arrivant à proximité d'Ascot, il remarqua avec amusement des chariots qui avançaient lentement, transportant des paysans qui s'étaient confectionné un toit de branchages pour se protéger de la chaleur. Puis le comte, les lèvres serrées, pensa aux pauvres bêtes qui tiraient ces véhicules surchargés.

Il y avait aussi de nombreux phaétons et de splendides calèches armoriées. Le comte examinait attentivement les chevaux afin de s'assurer qu'aucun ne valait les siens. Il était presque arrivé et se mit à guetter l'embranchement indiqué par Gérard Langston, qui devait le mener au manoir. Les grands sapins de la forêt de Windsor bordaient la route; et le chemin poussiéreux qui serpentait à travers bois apparut si soudainement que le comte faillit le manquer. Il pensait être dans la bonne direction mais il ralentit l'allure : faire demi-tour apparaissait extrêmement difficile à cause des arbres.

Puis il aperçut enfin deux pavillons apparemment inhabités et un portail en fer, heureusement ouvert. « Ce doit être le manoir », se dit le comte. L'aspect des pavillons et de la grille ne laissait rien présager de bon quant à l'état de la maison elle-même. Si Sydel avait raison, il allait trouver un manoir délabré au toit percé, peut-être même trop petit pour accueillir tout le monde. En remontant l'allée moussue, le comte regretta un instant d'avoir décliné l'invitation du roi. Au moins, à Windsor, aurait-il dormi dans un lit confortable. Puis il pinça les lèvres en songeant que la présence de Sydel l'en aurait rapidement chassé et il décida qu'il préférait être seul, fût-ce au prix de son bien-être.

Au détour de l'allée surgit soudain le manoir de Langston. Le comte lui trouva un aspect beaucoup plus engageant qu'il ne s'y attendait. D'un coup d'œil, il constata que le bâtiment, noyé dans les arbres, était fort ancien et très vaste. Il semblait sorti d'un conte de fées avec ses fenêtres à losanges qui scintillaient au soleil et les pigeons groupés sur son toit à pignons. Le comte n'eût pas été autrement surpris de le voir disparaître et de se trouver soudain face à un tas de ruines. Il se dit qu'il avait trop d'imagination – ce qui était vrai – mais il paraissait invraisemblable qu'il ignorât l'existence de ce château, alors qu'il fréquentait Ascot depuis des années.

Le lieu était si calme, si tranquille qu'il semblait

désert. Le comte se remémora alors les endroits où il avait coutume de loger, qui résonnaient du fracas des voitures, des cris des domestiques et des palefreniers, empressés et affairés dès que le maître apparaissait. Le comte avança lentement pour mieux jouir de la vue que lui offraient la maison et ses abords, puis il fit arrêter son attelage devant la porte principale. Le laquais sauta à terre et, comme il arrivait à la hauteur du cheval de volée, le comte s'adressa à lui.

– Il faut trouver quelqu'un qui vous indique les écuries, Jim.

– Y'aura sûrement quelqu'un, m'lord, répondit Jim en montrant du doigt un toit qui se profilait un peu en retrait de la maison.

– Je vais me renseigner.

Le comte pénétra dans le manoir et découvrit l'escalier sculpté qui menait au premier étage. L'intérieur était accueillant et le comte remarqua immédiatement un parfum de fleurs : une coupe de roses rouges et blanches était posée sur une table, au bas de l'escalier. Cela le conforta dans l'idée que la maison semblait aussi agréable au-dedans qu'au-dehors. Le comte, frappé par cette atmosphère chaleureuse, se demanda si le jeune Langston avait encore sa mère. Il traversa le hall et se retrouva dans le salon. Ici aussi, des fleurs étaient disposées sur les tables et, par les fenêtres ouvertes, on découvrait un jardin aux couleurs éclatantes avec ses grands massifs de rhododendrons cramoisis entremêlés de lilas blanc.

Le regard du comte se reporta sur la pièce. Malgré l'état d'usure manifeste de l'ensemble, tout y était d'un goût parfait. Les fresques sur les murs lambrissés avaient grand besoin d'être restaurées mais elles semblaient intéressantes et il se promit de les regarder plus en détail. Puis, revenant sur ses pas, il se trouva bientôt dans la bibliothèque et il sut immédiatement qu'il s'en réserverait l'usage. Il fut séduit par les grands fauteuils de cuir et le bureau orienté en pleine lumière. Il était toujours seul et, curieux de découvrir la maison, il évita les cuisines où il aurait pu, pourtant, se renseigner sur la domesticité. En gravissant le vieil escalier patiné par le temps, il remarqua les balustres en chêne surmontés de figurines sculptées dont certaines étaient manquantes ou endommagées et en évalua l'ancienneté. Puis il examina les tableaux qui ornaient la cage d'escalier. C'étaient, pour la plupart, des portraits, dont le comte supposa qu'ils représentaient les ancêtres des Langston et où il reconnut, dans certains, les traits fins de Gérard. Sur le palier, il hésita, puis avisa un couloir étroit au plafond bas, sur la gauche, qui débouchait sur une vaste galerie comme il en existait dans toutes les maisons élisabéthaines. Durant les hivers rigoureux, on y apportait les lits à colonnes que l'on disposait autour de la grande cheminée et dont on tirait les rideaux pour la nuit.

Le comte possédait une maison avec une galerie presque identique et il s'imaginait souvent les habitants rassemblés là, le chef de famille occupant la place la plus proche du feu.

En pénétrant dans la galerie, il vit les rayons dorés du soleil miroiter à travers les carreaux, sur le parquet ciré. Puis il aperçut, à l'autre extrémité, une femme en robe blanche. Il pensait avoir enfin trouvé quelqu'un qui pût le renseigner quand, en s'avançant vers elle, il constata qu'elle avait disparu! Il crut un moment qu'elle ne l'avait pas entendu approcher et qu'elle s'était installée sur un divan. Il parcourut la galerie mais dut bientôt se rendre à l'évidence : personne.

« J'ai dû rêver », se dit-il. Il se trouvait à proximité de l'endroit où il croyait avoir vu l'apparition quand une voix le fit se retourner.

– Bonjour, sir.

Il était face à une femme d'âge mûr vêtue d'une robe grise et d'un tablier blanc. Elle esquissa une révérence.

– Vous êtes sans doute le comte de Trevarnon, qui a loué le manoir pour la durée des courses ? Sir Gérard m'a informée de l'arrivée de Votre Seigneurie mais je ne l'attendais pas si tôt.

– J'espère que vous n'y verrez aucun inconvénient, répondit le comte, mais j'ai préféré arriver avant mes invités pour m'assurer que tout était en ordre.

– Je l'espère, milord, répliqua Nattie, mais nous manquons de personnel, sir Gérard vous a probablement averti.

– En effet, mais mon majordome Domo va arriver avec des domestiques qui se chargeront de tout.

– Merci, milord. Peut-être Votre Seigneurie souhaite-t-elle voir les chambres ?

– Mais certainement.

Ils longèrent le couloir dans la direction opposée. Le comte hésitait à parler de la jeune fille en blanc.

– Pouvez-vous me dire qui occupe actuellement la maison, à part vous ? finit-il par demander.

– Seulement la vieille Betsy qui donnera un coup de main à la cuisine, si c'est nécessaire, milord, répondit Nattie, et Jacobs, l'homme à tout faire, c'est lui qui apporte le bois, le charbon et l'eau pour les bains. Il y a aussi Abbot, aux écuries, et Jem, son petit-fils, qui montera notre cheval.

Son ton catégorique indiquait qu'elle n'avait pas l'intention de se laisser impressionner par les chevaux du comte. Celui-ci eut un léger sourire.

– Puis-je vous demander votre nom et votre fonction dans la maison?

– J'étais la nourrice de sir Gérard, milord. Quand il était petit, il m'appelait « Nattie » parce qu'il n'arrivait pas à prononcer « nourrice » et le nom m'est resté.

– Alors, va pour miss Nattie, dit le comte.

– Merci, milord. Nous vous avons réservé cette chambre, c'est la plus confortable, la chambre de maître, mais sir Gérard a préféré garder celle qu'il occupait quand il était enfant.

Les craintes de Demelza s'avérèrent vaines car le comte apprécia beaucoup le grand lit à colonnes avec ses rideaux de velours fané, le magnifique panneau sculpté et le vase de roses, sur la coiffeuse.

– Toutes ces fleurs dans la maison! C'est délicieux, miss Nattie. Est-ce à vous qu'on les doit?

– Je m'en occupe quand j'ai le temps, milord, répondit Nattie, après un instant d'hésitation.

– Alors, j'espère que vous aurez le temps de vous en occuper durant mon séjour.

Nattie lui indiqua les écuries. En y pénétrant, il constata qu'Abbot avait déjà montré à Jim où installer ses chevaux. Le comte examina les lieux, surpris de trouver des écuries aussi vastes, comparables à celles des plus grandes maisons de la région. Ses chevaux arrivèrent au moment où il allait sortir. Pendant qu'il surveillait la préparation des litières et qu'il vérifiait la bonne forme de

Crusader, le personnel avait rejoint le manoir et Domo veillait aux opérations comme un général à la tête de son armée.

Le comte mit à profit les instants de liberté dont il disposait avant l'arrivée de ses invités pour faire le tour du jardin et admirer les rhododendrons, les arbustes en fleurs et les cytises qu'enfant il nommait « pluie d'or ». En s'en approchant, il eut l'impression de remonter le temps et de se retrouver dans un pays peuplé de gnomes et de fées, de dragons et de chevaliers. Petit garçon, il croyait que les dragons cracheurs de feu vivaient tapis dans les forêts et que les lutins se tenaient sous les montagnes ou se cachaient dans les troncs des grands arbres. Il n'y songeait plus depuis des années mais cette maison remplie de mystère et ce jardin luxuriant semblaient sortis d'un autre âge. Tout cela était fort éloigné du *beau monde* (1) qui se pressait vers Ascot pour les courses, les réceptions et les bals et, en ce qui concernait les hommes, pour boire et jouer. Mais ici, on n'entendait que les ramiers roucouler dans les arbres et les petits animaux bruire dans les buissons. Les fleurs embaumaient l'air d'un parfum bien différent des essences exotiques dont usaient Sydel, Charis et les autres.

Le comte fit une longue promenade dans les bois avant de reprendre le chemin du manoir. La vue de la maison provoqua à nouveau en lui cette sensation de mystère et de magie qu'il avait ressentie lors de son arrivée. L'espace d'un instant, il se dit qu'il eût aimé y être seul. Puis il rit de l'absurdité de sa pensée : ses amis étaient sans doute déjà là.

(1) En français dans le texte.

Ils l'attendaient, en effet, confortablement installés dans le grand salon, et dégustaient du vin de Champagne que l'on avait mis à rafraîchir dans des seaux de glace.

– On nous avait bien dit que vous étiez déjà arrivé! s'exclama lord Chirn quand le comte ouvrit la porte-fenêtre. Mais personne ne savait où vous étiez passé.

– Je suis allé jeter un coup d'œil sur la propriété, expliqua le comte. Ravi de vous voir, Ramsgill, et vous aussi, Ralph! Comment allez-vous, Wigdon?

Il venait de s'adresser à sir Francis Wigdon, qu'il connaissait depuis peu mais qu'il trouvait amusant. C'était en outre un partenaire de grande classe aux cartes.

– Il semble que vous ayez déniché une maison fort agréable, répondit sir Francis. Je trouve, pour ma part, qu'elle est de loin préférable à l'hôtel de la Couronne.

– C'est notre opinion à tous! s'écria l'honorable Ralph Mear. Cela vous ressemble tellement, Trevarnon, d'avoir réussi à trouver quelque chose d'unique et confortable; n'importe qui, dans les mêmes circonstances, se serait résigné à camper dans la lande.

– Dieu merci, cela nous sera épargné! répliqua le comte en se versant une coupe de champagne. J'ai l'impression que l'affluence battra tous les records, cette année.

– Elle augmente d'année en année, déclara lord Ramsgill, et mes gens m'ont dit qu'il y avait eu autant d'accidents que d'habitude sur la route.

Les accidents étaient fréquents, en effet, surtout pendant la semaine des courses; les cochers, suffoqués par la poussière, ingurgitaient des litres de bière et on déplorait toujours des morts, victimes de leur imprudence ou, tout simplement, de congestion. Des voitures du cortège royal avaient subi des accidents mortels, à deux reprises, en rentrant de Windsor après les courses. La première fois, le postillon avait été éjecté et était mort, écrasé par la voiture; la seconde fois, un piéton avait été tué par un membre de la maison du roi. Chacun savait qu'il y aurait des accidents mais, malheureusement, les conducteurs étaient toujours aussi imprudents.

– Quels tuyaux avez-vous, à part, bien sûr, vos propres chevaux? demanda lord Chirn au comte.

– Je pense sincèrement que vous devriez demander au duc d'York; il m'a dit avant-hier qu'il avait l'intention de faire un malheur, cette année, et je ne vois pas qui pourrait l'en empêcher.

– Cela signifie, dit lord Ramsgill, que vous miserez avec lui sur Cardenio, la pouliche qu'il fait courir sous ses couleurs, et sur Moses?

– Sur Moses, certainement, reprit le comte, à moins que les Tables de la Loi lui tombent sur la tête, rien ne pourra l'empêcher de remporter le Grand Prix d'Ecosse.

Ils éclatèrent de rire et le comte s'assit enfin, sa coupe à la main.

Dans la chambre des prêtres, Demelza se maudissait d'avoir failli se laisser surprendre par le comte. C'était le bruit de ses pas, alors qu'il pénétrait dans la galerie, qui l'avait alertée. Elle avait tout juste eu le temps d'apercevoir un grand et bel homme, large d'épaules, fort élégant, avant de se glisser, avec un frisson de crainte, derrière le panneau qui s'était refermé silencieusement sur elle.

Il n'était pas prévu qu'il arrivât si tôt; elle terminait à peine d'arranger ses bouquets et elle était venue jusqu'à la galerie pour récupérer le livre qu'elle avait abandonné la veille, à l'arrivée de son frère. Elle avait déjà monté, par l'étroit escalier, tous les objets qu'elle voulait dissimuler. Par bonheur, sa chambre ne serait pas occupée, aussi n'avait-elle pas eu besoin d'emporter ses trésors. Gérard était rentré tard, la nuit précédente, et, ce matin-là, il avait quitté la maison très tôt, après avoir recommandé, une dernière fois, que personne ne fût mis au courant de l'existence de sa sœur.

– Pourquoi soupçonnerait-on que j'ai une sœur, puisqu'on ne l'a jamais vue à Londres? (Puis, s'adressant à Nattie :) Toi et Betsy, vous vous occupez de moi et, quand je viens ici, je suis seul avec vous. Est-ce clair?

– Tout à fait clair, sir, avait répondu Nattie. Je pense que vous avez parfaitement raison. Je ne veux pas que miss Demelza soit mêlée à vos fanfarons d'amis.

– Comment sais-tu que ce sont des fanfarons, Nattie?

– J'ai assez entendu parler des intrigues de Londres pour avoir mon idée là-dessus, avait-elle répondu.

Gérard avait éclaté de rire et l'avait traitée de bégueule mais, en prenant congé de Demelza, il lui avait déclaré :

– Tu vas m'obéir, maintenant, sinon je serais très fâché. Je t'interdis de rencontrer Trevarnon ou qui que ce soit dans la maison.

– Il me semble que si tes amis sont tellement pervertis, tu devrais en changer, avait fait remarquer Demelza.

– Ce sont de bons camarades, charmants et excellents sportifs, avait déclaré Gérard rapidement.

Sachant à l'avance qu'il prendrait leur défense, elle avait rétorqué :

– Je veux seulement te taquiner, mon chéri. Ne bois pas trop. Cela te fait du mal et maman avait horreur des grands buveurs.

– Trevarnon n'est pas grand buveur, avait répliqué Gérard avec conviction, il pratique la boxe trop assidûment pour se permettre de boire, sans compter qu'actuellement il est champion d'escrime.

Il n'était pas surprenant que les propos de Gérard eussent suscité chez Demelza un tel intérêt pour le comte. Il ne se contentait pas de posséder le plus beau cheval de toute la Grande-Bretagne, il brillait aussi dans tous les domaines, apparemment.

– Crusader est-il plus rapide que Moses? avait demandé Demelza à Abbot.

– Y z'ont jamais couru ensemble, miss, mais en cas, j' parierais plutôt sur Crusader.

– Contre qui courra-t-il dans la Gold Cup?

– Sir Huldibrand. C'est son seul réel adversaire.

– Le cheval de Mr Ramsbottom, avait fait remarquer Demelza. J'espère bien qu'il perdra.

– C'est un bon ch'val. Et y s'ra monté par Buckle.

Franck Buckle était l'un des meilleurs jockeys du moment et Demelza, qui l'avait déjà vu à l'œuvre à Ascot, savait qu'il ne pesait que 55 kilos en temps normal. Elle avait été une de ses plus ferventes admiratrices durant des années, jusqu'au jour où elle avait entendu dire que « Franck Buckle n'avait rien d'exceptionnel à part son cœur et son nez ». Mais il était connu pour son honnêteté et ses échappées en fin de course. Gérard avait répété à sa sœur les vers écrits sur le jockey.

Un grand Buckle faisait fureur dans le temps,
Un petit Buckle remplit les pages sportives à présent.

Ils avaient amusé Demelza et elle ne les avait pas oubliés. Mais Buckle avait vieilli et, bien que ce ne fût pas très loyal, la jeune fille encouragerait Crusader lors de la Gold Cup, parce qu'il logeait au manoir. En regagnant la maison, elle avait reconnu qu'elle ne pensait pas seulement à Crusader mais aussi à son propriétaire. En dépit des mises en garde, tout ce que Gérard lui avait raconté au sujet du comte l'intriguait.

– Il faut que je le voie! s'était-elle exclamée.

Cela serait facile et elle pourrait observer le comte en secret, quand elle le désirerait. Mais elle avait bien failli se laisser surprendre et elle imaginait à présent la colère de Gérard, s'il avait été avec elle!

« C'est un avertissement, se dit-elle, je ne dois plus prendre un tel risque; il faut que je sois toujours sur mes gardes. » Mais, en même temps, irrésistiblement attirée par l'homme qu'elle brûlait de voir, elle se glissa silencieusement le long de l'escalier en colimaçon. Des rires lui parvinrent qui indiquaient que, comme elle s'y attendait, ils étaient tous réunis dans le grand salon, qu'elle avait mis un soin particulier à épousseter, à arranger et à fleurir.

Elle demeura un moment dans l'obscurité, à tenter d'identifier les différents invités d'après le son de leur voix. Gérard n'était pas encore rentré, ils étaient donc cinq dans le salon. Elle chercha à tâtons le judas minuscule que les moines avaient aménagé dans le panneau pour observer la pièce. Il avait été prévu à la hauteur d'un homme, aussi Demelza dut-elle se hisser sur la pointe des pieds pour l'atteindre. Le trou était si petit et si bien placé, au centre d'une fleur, qu'il était pratiquement impossible de le remarquer depuis le salon. La jeune fille elle-même en avait souvent cherché l'emplacement.

La première personne qu'elle distingua était un homme d'une trentaine d'années, d'apparence quelconque et sans beauté particulière, qui riait à gorge déployée. Elle supposa qu'il devait s'agir de lord Chirn. Son voisin avait de petits yeux noirs, un nez pointu et portait une cravate exagérément étroite. Tandis qu'elle l'observait, quelqu'un déclara :

– Je suis sûr que c'est également votre avis, Francis.

Ce fut l'homme à la cravate qui répondit et elle sut ainsi qu'il se nommait sir Francis Wigdon. Sans qu'elle pût le définir, quelque chose en lui déplaisait à Demelza. Peut-être le fait que son regard restât impassible quand ses lèvres souriaient...

Puis elle revint vers le centre du groupe et reconnut immédiatement le comte de Trevarnon. Il était exactement tel qu'elle se l'était imaginé avant de l'apercevoir dans la galerie. Très beau, avec un front large et intelligent, un menton carré, une bouche au dessin ferme. Deux rides profondes partaient de son nez jusqu'aux lèvres et lui donnaient un air cynique. Demelza trouva que son visage, impudent et effronté, ressemblait vaguement au portrait de Charles II dans les escaliers.

L'un de ses compagnons dit quelque chose qui l'amusa mais il ne sourit pas : il serra les lèvres et son regard se mit à pétiller.

« Il est magnifique, se dit Demelza, et tant pis pour Gérard... il me plaît! »

3

Les invités gagnèrent la salle à manger pour le dîner et Demelza se glissa alors par le passage secret jusqu'au rez-de-chaussée; puis elle fit jouer un panneau qui ouvrait sur un couloir menant à la porte du jardin. Elle avait pris la précaution de s'envelopper d'un manteau sombre afin qu'on ne la vît pas traverser le jardin. En effet, toutes ses robes étaient blanches et elle craignait de faire tache sur le feuillage sombre des arbustes. Nattie, qui lui cousait ses vêtements, avait découvert que la mousseline blanche était le tissu le moins cher qu'on pût trouver dans les petites boutiques d'Ascot ou de Windsor, et, depuis cinq ans, elle taillait toutes les robes sur le même modèle : tombant droit à partir d'une taille haute, qui seyait particulièrement à la silhouette élancée de Demelza et lui donnait un air éthéré et une grâce incomparable.

La jeune fille s'assura que la porte du jardin n'était pas verrouillée puis elle la referma derrière elle. En se frayant un chemin à travers les buissons, elle prit la direction des écuries. Elle était sûre qu'à cette heure tardive, les lads, les jockeys et les palefreniers avaient déjà préparé les chevaux pour la nuit et qu'ils étaient allés profiter de l'animation qui devait régner autour du champ de courses, où les baraques étaient toujours illuminées la veille des compétitions.

Demelza espérait toutefois qu'Abbot serait resté aux écuries et, qu'à la première occasion, elle pourrait admirer les chevaux du comte. Le vieil homme avait été mis au courant et il ne devait en aucun cas citer le nom de sa jeune maîtresse ou révéler qu'elle vivait au manoir. Abbot était digne de la même confiance que Betsy et Jacobs, et Demelza savait que si, dans d'autres maisons, elle eût pu être trahie par des bavardages intempestifs, ici elle ne courait aucun risque.

Tout était calme quand elle atteignit les écuries. Mais, alors qu'elle traversait la cour, Abbot parut, une lanterne à la main.

– J' savais bien qu' vous tarderiez pas à v'nir, miss, dit-il avec ce ton d'affectueuse familiarité propre aux vieux domestiques.

– Vous vous doutiez que je voudrais voir Crusader?

– Ça, on a d' quoi êt' fier d'avoir un ch'val pareil à la maison.

Quelque chose dans la voix d'Abbot indiquait qu'il était très impressionné par les fameux chevaux du comte. Il précéda Demelza dans l'écurie dont les boxes donnaient sur la longue travée qui la parcourait de bout en bout. Il ouvrit la porte du premier box et la jeune fille put enfin contempler le cheval qu'elle avait tant désiré voir. Il était d'un noir de jais avec une étoile sur le front et deux fanons blancs. Une bête splendide! Il descendait en ligne directe de Godolphin Arabia, le cheval arabe introduit en Angleterre en 1732, après bien d'étranges et fâcheuses mésaventures, et qui avait fini par échoir à lord Godolphin, gendre de la célèbre duchesse de Marlborough, Sarah. Le bédouin qui s'occupait de l'animal l'avait mené secrètement à une grande jument appelée Roxana et, parmi leur descendance, on trouvait de nombreux pur-sang admirés sur tous les champs de courses.

Demelza flatta l'encolure bien orientée de Crusader. Il la renifla et elle vit ses muscles saillir sous sa robe sombre et brillante.

– Il est magnifique, dit-elle, intimidée.

– C'est aussi comme qui dirait mon avis, miss, approuva Abbot, et faut dire que j'ai jamais vu, de toute ma vie, un étalon comme çui-là.

– Il gagnera la Gold Cup... J'en suis sûre! s'exclama la jeune fille.

Il était difficile d'apprécier, après avoir vu Crusader, les qualités des autres chevaux du comte, bien qu'ils fussent tous exceptionnels. En arrivant enfin devant Firebird, elle eut honte de lui trouver tant de défauts. Elle enlaça l'encolure du cheval et se mit à lui parler d'une voix douce.

– Nous pouvons admirer nos hôtes, Firebird, mais c'est toi que nous aimons. Tu nous appartiens, tu fais partie de la famille.

– Ça, c'est bien vrai, dit Abbot, et ret'nez bien c'que j'dis, miss : samedi, Jem et Firebird passeront les premiers la ligne d'arrivée.

– J'en suis certaine, et si le comte voit Jem courir, il lui proposera peut-être de monter un de ses chevaux.

– C'est sûr qu'il en rêve, Jem, reprit Abbot avec un large sourire.

– Est-ce que Firebird aura de sérieux concurrents dans la course où vous l'avez engagé?

Abbot se gratta la tête.

– Y aurait bien Bard, miss, mais il est pas d' la première jeunesse et j' crains pas trop son jockey.

Demelza embrassa à nouveau Firebird.

– Je sais que tu gagneras, chuchota-t-elle.

Elle eut l'impression qu'il lui rendait la confiance qu'elle mettait en lui. Elle voulait revoir Crusader avant de quitter les écuries, mais elle s'arrêta au passage pour contempler le splendide équipage de chevaux bais avec lequel le comte était arrivé.

– On a rarement l'occasion de voir quatre chevaux qui se ressemblent autant, dit-elle en les examinant.

– Un laquais de Sa Seigneurie m'a dit qu'y z'étaient v'nus de Londres avec des alezans qu' Sa Seigneurie avait pas voulu vendre, même pour deux ou trois fois leur prix!

– Qui préférerait de l'argent aux chevaux? demanda Demelza en riant.

Elle pensa soudain à Gérard qui manquait des deux et comprit combien il devait être frustrant de ne posséder qu'un seul cheval et de devoir compter chaque sou lorsqu'on fréquentait des gens aussi fortunés.

Elle bavarda longuement avec Abbot sur les courses qui auraient lieu le lendemain, puis, craignant le retour des gens du comte, elle reprit le chemin de la maison. Il n'était pas aussi tard qu'elle l'avait imaginé quand elle s'engagea dans le passage secret, et elle décida de prendre le couloir qui communiquait avec la salle à manger. En approchant, elle entendit des rires. Elle ne résista pas à l'envie de revoir le comte et elle se faufila dans la galerie des Ménestrels qui surplombait l'ancien réfectoire, depuis transformé en salle à manger.

La galerie des Ménestrels avait été construite à la Restauration, quand, au retour de Charles II, le « gai monarque », on ne pensait qu'à danser et à se distraire. Elle avait été sculptée avec beaucoup de minutie par les meilleurs artisans de l'époque et on pouvait s'y dissimuler sans crainte d'être aperçu depuis la salle à manger.

Demelza remarqua qu'en sa qualité d'hôte, le comte était installé en bout de table sur la chaise qu'avait toujours occupée son père. C'était un siège à haut dossier et tapissé de velours. Jamais la jeune fille n'avait imaginé qu'un homme pût être aussi élégant et distingué en tenue de soirée. Elle avait souvent admiré son père quand il s'habillait pour les grandes occasions mais le comte lui parut d'une classe exceptionnelle, digne d'une réception royale au château de Windsor. Quand elle baissa les yeux sur lui, il riait, ce qui le faisait paraître plus jeune et atténuait les rides d'amertume qui marquaient son visage. Les domestiques avaient achevé leur service et les convives bavardaient devant leur porto. Certains cassaient des noix dont débordaient deux coupes en porcelaine de Derby, qui figuraient parmi les trésors les plus précieux de la mère de Demelza. On les utilisait rarement et il faudrait d'ailleurs rappeler à Nattie de recommander aux domestiques d'en prendre particulièrement soin.

Le candélabre qui illuminait la table appartenait depuis longtemps à la famille Langston et on l'avait sorti du coffre-fort pour l'occasion. En revanche, les énormes pêches et les généreuses grappes de muscat ne provenaient certainement pas des serres aux vitres brisées de la propriété.

Plus que le menu, c'était l'homme assis à l'extrémité de la table qui intéressait Demelza. Elle ne parvenait pas à en détacher son regard et elle ne suivait pas la conversation qui, à ses oreilles, n'était qu'un brouhaha confus. Soudain, elle sursauta légèrement, quand elle entendit le comte demander :

– Y a-t-il des fantômes dans la maison, Gérard?

– Des dizaines! répondit l'interpellé. Mais, personnellement, je n'en ai jamais vu aucun.

– De qui s'agit-il? insista le comte.

– Il y a un moine qu'on dit s'être pendu pour expier ses péchés, expliqua Gérard, un enfant condamné au bûcher avec ses parents durant les persécutions de la reine Mary et, bien sûr, la Dame Blanche.

– La Dame Blanche? répéta le comte avec intérêt.

– Selon les légendes et les superstitions locales, c'est indiscutablement notre fantôme le plus célèbre, dit Gérard en souriant.

– Parlez-moi d'elle.

Gérard raconta l'histoire de la Dame Blanche en quête de son amour perdu; le comte écoutait attentivement et Demelza comprit alors qu'il l'avait aperçue. Allait-il l'avouer?

– Est-ce bon signe de voir la Dame Blanche?

Lord Ramsgill intervint, coupant la parole à Gérard.

– Ceux qui l'aperçoivent erreront éternellement à la recherche de l'amour, mais leur quête sera vaine, voilà ce que ça signifie. (Il se mit à rire.) C'est quelque chose qui ne risque pas de vous arriver, Valient.

– Cela vous ferait du bien d'être le chasseur, pour une fois! déclara l'honorable Ralph Mear.

– Voilà un vœu qui n'a guère plus de chances de

se réaliser que Crusader n'en a de perdre la Gold Cup, fit remarquer lord Ramsgill.

– J'espère que vous avez tous misé sur lui? demanda le comte.

– Bien entendu! répondit lord Chirn. Et ce, malgré la cote fichtrement basse. Le problème, Valient, c'est que les bookmakers sont inquiets de vos succès sans précédent et ils hésitent à accepter les paris.

En observant la table, Demelza remarqua que sir Francis Wigdon restait silencieux. Il avait la manie d'avancer sa lèvre inférieure, ce qui lui donnait un air sinistre et une expression sardonique.

« Il ne me plaît pas, pensa-t-elle de nouveau. Il y a en lui quelque chose de très désagréable. » Elle trouvait qu'il détonnait parmi les invités du comte qui étaient tous d'allure sportive et ressemblaient aux amis de son père. Elle ignorait pourquoi cet homme lui déplaisait à ce point, mais, peut-être grâce à la solitude dans laquelle elle vivait, elle possédait un instinct très sûr en ce qui concernait les gens. Elle avait l'impression de percevoir l'aura qui émanait d'eux et, parfois, elle était presque capable de lire dans leurs pensées.

« Je suis sûre, se dit-elle, que sir Francis envie le comte, même s'il prétend être son ami. Il n'éprouve aucun sentiment chaleureux à son égard. »

Elle pensa tout à coup qu'il était temps de monter se coucher : car, dès que les domestiques s'assiéraient pour dîner, Nattie lui apporterait à manger.

Après un dernier regard pour le comte, dont l'autorité décidément l'impressionnait, elle se glissa derrière le panneau secret et regagna son refuge avec l'assurance que confère une parfaite connaissance des lieux. Nattie l'avait précédée.

– Où étiez-vous, miss? demanda-t-elle sur le ton sévère qu'elle affectait quand elle était anxieuse.

– Je suis allée voir les chevaux, Nattie. Crusader est magnifique! C'est la plus belle bête du monde.

– Vous n'avez pas le droit de sortir. Vous savez ce que sir Gérard vous a dit.

– Je ne risquais rien. Il n'y avait qu'Abbot aux écuries. Les autres sont allés se promener et les invités sont en train de dîner.

– Vous devez rester dans cette chambre quand ils sont à la maison, répliqua Nattie avec fermeté.

– Je t'en prie, ne t'inquiète pas, ma chère Nattie, dit Demelza en souriant. Dis-moi plutôt ce que tu m'as apporté pour dîner : je meurs de faim!

– C'est bien ce que je pensais et je me suis arrangée pour vous apporter trois des nombreux plats qu'on leur a servis.

Demelza souleva les couvercles d'argent qui protégeaient les plats et poussa un petit cri de joie.

– Ça a l'air délicieux! Il faut se procurer les recettes, Nattie, et nous les essaierons quand Gérard viendra à la maison.

– C'est bien mon intention. Il faut que je parte maintenant.

– Non, attends. Bavardons un instant, implora Demelza, j'ai tellement envie de savoir tout ce qui s'est passé. Et cela t'évitera de revenir chercher le plateau.

Nattie se laissa tomber sur la chaise cannée : elle aussi ne demandait qu'à parler.

– Je dois reconnaître, miss, attaqua-t-elle, que les domestiques de Sa Seigneurie sont très serviables et extrêmement polis.

« On pouvait s'y attendre », se dit Demelza. Tout en mangeant, elle écoutait le récit de Nattie sur

Mr Hunt Domo le majordome, les laquais qui avaient promis de l'aider à faire les lits et le cuisinier, assurément un génie de la gastronomie, au service du comte depuis des années.

– Il n'y en a qu'un qui ne me revient pas, c'est Hayes, le plus jeune des maîtres d'hôtel.

– Le plus jeune? Tu veux dire qu'ils sont deux?

– Apparemment, le vieux Butler, qui était déjà au service du père du comte, craint la chaleur et Domo a décidé de faire venir également son assistant. Il y a en lui quelque chose que je n'aime pas, mais je ne peux pas dire quoi. Il est plutôt correct, pourtant.

Demelza se dit en souriant que Nattie éprouvait vis-à-vis du jeune maître d'hôtel ce qu'elle-même ressentait à l'égard de sir Francis Wigdon. Si quelqu'un les avait entendues parler ainsi, il aurait sans doute pensé qu'à force de vivre seules dans cette étrange maison, elles étaient un peu dérangées. « Nous allons nous transformer en sorcières, si nous n'y prenons garde », pensa Demelza. Elle ajouta à voix haute :

– J'espère qu'il est efficace dans le travail et qu'il sait choisir les vins de Sa Seigneurie.

– En tout cas, ils ont apporté assez de bouteilles! s'exclama Nattie, la cave en est pleine, sans exagérer.

– Père disait que les courses donnaient soif, répondit Demelza en riant, et demain, nous risquons d'être assoiffées s'il y a autant de poussière que d'habitude sur le champ de courses.

– J'étais justement en train de me dire que ce serait une erreur de votre part d'aller aux courses, miss... commença Nattie.

– Ne pas aller aux courses? l'interrompit Demelza. Tu perds la tête, Nattie, bien sûr que nous irons! Nous y avons toujours assisté et, cette année, à plus forte raison. Je veux voir courir Crusader... et aussi Firebird, évidemment.

– Vous prenez un risque, murmura Nattie.

– Quel risque? Nous serons sur la pelouse, alors que tous nos invités seront dans la loge royale avec Sa Majesté.

L'argument était irréfutable et Nattie n'insista pas.

– Dès qu'ils seront partis et que tu auras fini de faire les lits avec les valets, nous nous glisserons dans les écuries, expliqua Demelza. (Puis elle poursuivit, d'une voix vibrante d'excitation :) Abbot a promis de nous emmener dans le cabriolet. Il s'arrêtera derrière les stands. Je t'assure que ce serait miracle si on faisait attention à nous dans la foule.

– Je suppose que vous avez raison, admit Nattie, un peu à contrecœur. Je vous apporterai une robe demain et maintenant, au lit!

– J'y vais. J'ai tellement envie de rêver de Crusader.

– Les chevaux! Les chevaux! Vous n'avez donc que ça en tête! A votre âge, il serait temps de songer à autre chose.

Demelza ne répondit pas. Elle savait ce que signifiaient ces propos qui revenaient souvent dans la bouche de Nattie : la vieille nourrice regrettait que ceux qu'elle considérait comme les « gens convenables » ne puissent être reçus au manoir. Vivant seule sans chaperon, il était presque impossible à la jeune fille de fréquenter des amies de son âge ou d'assister aux bals qu'on donnait dans la région. La plupart des grandes maisons, il est vrai, ne se remplissaient que pendant la semaine des courses ou lors des grandes réceptions au château de Windsor. Mais, même dans ces conditions, lady Langston, si elle avait vécu, aurait pu organiser des fêtes auxquelles Demelza aurait pris part. Celle-ci avait seize ans et allait encore à l'école quand sa mère mourut, puis Gérard s'était installé à Londres, ce qui rendit impossibles les occasions de se mêler aux gens du voisinage. En réalité, elle ne les connaissait même pas car beaucoup de propriétés avaient changé de mains depuis la mort de son père. Pour le moment, elle n'avait qu'un seul désir : vivre tranquillement au manoir et monter les chevaux de Gérard. Lors des rares séjours qu'il effectuait à la maison, quand ses moyens ne lui permettaient plus de vivre à Londres, elle n'imaginait pas bonheur plus grand que chevaucher à ses côtés, dans la lande ou la forêt, et l'écouter décrire les charmes de sa vie dans le *beau monde*. Parfois, elle se demandait ce qu'il adviendrait si Gérard se mariait. Mais elle savait qu'actuellement il n'était pas en mesure de subvenir aux besoins d'un ménage; ni plus tard, d'ailleurs, sauf à épouser une femme riche.

Voyant l'expression de Nattie, elle l'embrassa et lui souhaita bonne nuit.

– Ne t'inquiète pas, Nattie, je suis heureuse. Tu sais bien que je suis heureuse.

– Ce n'est pas une façon de vivre, c'est tout ce que je peux dire, miss! rétorqua Nattie sur un ton de reproche.

Sans attendre la réponse de la jeune fille, elle s'engagea dans l'escalier et avisa la première porte dérobée qu'elle rencontra; « leurs passages secrets me donnent la chair de poule », avait-elle coutume de dire.

Demeurée seule, Demelza se moqua gentiment d'elle-même : elle aimait profondément Nattie qui s'était donnée tout entière à ses « bébés ». Mais, très vite, ses pensées revinrent à Crusader et à son propriétaire. Elle s'agenouilla pour dire ses prières et demander au Seigneur de donner la victoire au grand cheval. Mais, tandis qu'elle priait ainsi pour Crusader, le comte était à côté de lui, tant ils semblaient inséparables.

Le lendemain matin, une grande agitation régnait au manoir. Il en était toujours ainsi le premier jour des courses : chacun avait hâte de partir et il y avait une quantité de choses qu'on devait faire au dernier moment. Le comte et ses amis déjeuneraient au Jockey-Club tandis qu'une foule de gens de toutes conditions, profitant du temps ensoleillé, pique-niqueraient sur la pelouse. Les voitures qui s'étaient agglutinées dès les premières heures de la matinée, apportaient des quartiers de venaison, du poisson et de viande. Quant aux tentes et aux baraques, elles regorgeaient de nourriture et, en raison de la chaleur, la bière coulait déjà à flots.

Quand Demelza et Nattie arrivèrent au champ de courses, les parieurs, les bookmakers, les prêteurs sur gages et les amuseurs publics faisaient un bruit assourdissant. Elles passèrent près d'une baraque où, moyennant un penny, on pouvait voir toute une série de monstres. Plus loin, un bohémien faisait tenir en équilibre des roues de voiture sur son menton et quelques femmes dansaient, perchées sur des échasses hautes de plus de deux mètres.

« Non seulement elles gagnent leur vie grâce à leur agilité mais elles peuvent assister aux courses sans être gênées par la tête du voisin », se dit

Demelza. Elle était particulièrement impatiente de voir la nouvelle loge royale quand elle serait pleine et quand le spectateur le plus attendu, le roi lui-même, y ferait son apparition. La construction avait commencé au mois de mai et elle avait été achevée la semaine précédente, juste à temps pour l'ouverture des courses. Le roi en avait confié la réalisation au célèbre John Nash, l'architecte responsable de la rénovation de Buckingham Palace, du tracé de Regent's Street et de ce que l'on avait appelé « les terrasses de Nash » à Regent's Park. Faisant face à la ligne d'arrivée, la loge royale ressemblait à un portique grec, à deux étages, soutenu par des pilastres cannelés. L'étage supérieur était réservé au roi. Demelza avait pu visiter la loge durant les travaux : elle comportait deux pièces que l'on avait agrémentées, au dernier moment, de rideaux en mousseline blanche. Ce jour-là, il lui eût été impossible d'approcher de l'édifice qui constituait une enclave gardée par la police et où seuls les invités du roi étaient autorisés à pénétrer. Une dizaine de stands avaient été construits de part et d'autre de la loge royale et ils étaient déjà pleins à craquer. Demelza et Nattie les examinèrent avec curiosité en longeant le champ de courses.

– J'ai idée qu'on s'ra mieux par ici, miss, dit Abbot qui arrêta le cabriolet à côté de nombreux autres véhicules.

– Je crois qu'il a raison, dit Nattie avant que Demelza pût répondre, si nous allons de l'autre côté de la pelouse, nous ne pourrons pas nous en aller facilement avant la fin des courses.

En effet, Nattie craignait de ne pas être de retour avant le comte et ses amis. Demelza ne protesta pas, bien que cela l'empêchât d'assister au sellage des chevaux, opération à laquelle elle s'était toujours beaucoup intéressée. A peine s'étaient-ils installés que des acclamations, saluant l'arrivée du roi, s'élevèrent de l'autre côté du champ de courses. Quelques jours auparavant, Abbot avait entendu dire qu'il n'était pas certain que le souverain assistât aux courses car il souffrait « d'une sérieuse attaque de goutte ». Il était finalement venu mais, au contraire de son père qui faisait toujours le tour de la pelouse pour reconnaître le parcours, il contourna les baraques. Les acclamations accompagnèrent le roi jusqu'à sa loge et, quand il parut à la fenêtre, les spectateurs massés à l'étage inférieur levèrent leurs chapeaux vers lui. Pendant quelques instants, il répondit aux acclamations qui n'étaient d'ailleurs pas très enthousiastes. Demelza constata qu'il portait l'uniforme de Windsor où brillait, accrochée à sa poitrine, une étoile en diamant. La jeune fille se demanda si le comte était avec lui. Nattie, qui s'intéressait beaucoup à l'entourage du roi, reconnut le duc d'York et le duc de Wellington.

– Qui est cette dame, derrière le roi? demanda Demelza.

– Lady Conyngham, répondit Nattie d'un ton réprobateur.

Les courses commencèrent dès que le roi fut installé et se poursuivirent toute la journée, avec une heure d'interruption pour le déjeuner. Nattie avait apporté des sandwiches mais Demelza dévorait des yeux les plantureux repas froids étalés sur l'herbe ou servis dans les voitures. Il y avait des viandes froides de toutes sortes et l'on débouchait à l'envi des bouteilles de vin de Champagne ou du Rhin. Soudain, des hourras accueillirent la voiture de Trance dans le prix de Grafton dont il était le favori. Malgré la chaleur torride, les spectateurs s'époumonaient sans retenue.

– Sa Royale Grandeur va empocher trois cents guinées, fit remarquer Abbot.

Avant la course, il avait révélé à Demelza que le duc d'York avait préféré miser sur Trance plutôt que sur un autre cheval appelé Le Duc. Abbot avait d'ailleurs laissé les deux femmes seules dans le cabriolet durant quelques minutes et Demelza était presque certaine qu'il était aussi allé parier sur Trance.

L'un des chevaux du comte l'emporta dans la troisième course de l'après-midi; Nattie déclara alors qu'il était temps de rentrer, malgré le désir qu'avait Demelza d'assister à la quatrième et dernière course.

Mais Nattie restait inébranlable.

– Il y a cinq jours de courses! Et nous ne devons prendre aucun risque. Il faut partir, miss. Vous savez bien que j'ai du travail à la maison.

Ils étaient les seuls à partir si tôt et les routes étaient dégagées. Aussi arrivèrent-ils au manoir beaucoup plus rapidement que prévu.

– Merci, Abbot, dit Demelza au moment où ils entraient dans la cour, c'était vraiment passionnant et j'ai savouré chaque minute de cette journée.

– Demain et jeudi, on verra d'belles courses, répondit Abbot, et si Moses est battu dans l'prix d'Ecosse, j'veux bien êt' pendu!

– Je suis sûre qu'il gagnera, dit Demelza en souriant.

Mais Nattie la poussait vers la porte du jardin. Une fois dans le couloir, Demelza fit jouer le ressort du panneau secret tandis que la nourrice regagnait ses quartiers, aux cuisines. En gravissant l'étroit escalier, la jeune fille était encore tout à son excitation; elle s'arrêta un instant pour ôter son bonnet car le soleil brûlant l'avait mise en nage. A sa grande surprise, elle entendit alors une voix de femme.

– Puisque Sa Seigneurie n'est pas ici, je voudrais lui laisser un mot.

– Bien sûr, milady. Par ici. Il y a un secrétaire, répondit un domestique.

Etonnée que l'on pût croire le comte à la maison alors que les courses n'étaient pas terminées, Demelza fit quelques pas jusqu'au judas d'où l'on pouvait observer le grand salon. La femme qui pénétrait dans la pièce était la plus belle qu'elle eût jamais vue. Vêtue d'une robe bleu pervenche, de la couleur de ses yeux, ses cheveux dorés rassemblés sous un chapeau orné de plumes d'autruche bleues également, elle était à couper le souffle. Des diamants scintillaient à son cou et à ses poignets gantés. Sa démarche avait une grâce presque féline qui frappa Demelza. Parvenue au centre de la pièce, d'où la jeune fille pouvait la voir plus nettement, elle se tourna vers le domestique qui fermait la porte.

– Vous n'avez pas de message pour moi, Hayes?

Demelza se souvint que Hayes était le jeune maître d'hôtel dont Nattie lui avait parlé.

– Non, milady. Nous sommes arrivés seulement hier et il n'y a que des hommes ici.

– Et les femmes qui vivent dans la maison?

– Il n'y en a pas, milady, à part la vieille nourrice et une servante.

– Lady Plymworth est-elle passée?

– Non, milady.

L'élégante visiteuse demeura songeuse, caressant son menton de son doigt ganté.

– Sa Seigneurie dînera-t-elle ici, ce soir? demanda-t-elle enfin.

– Je pense que oui, milady.

– Lord Dysart sera-t-il présent?

– J'ai entendu un valet de Sa Seigneurie prononcer son nom, milady.

– C'est bien ce que je pensais, murmura la visiteuse. (Puis, d'un ton autoritaire, elle ajouta :) Ecoutez-moi attentivement, Hayes. Sa Seigneurie prend toujours un verre de vin pendant qu'il s'habille pour le dîner. Je désire que vous ouvriez vous-même la bouteille et qu'avant de la monter, vous y versiez ceci.

Elle tira un petit flacon de son réticule et le tendit au jeune homme qui hésita à le prendre.

– Je ne voudrais rien faire, milady...

– Ça ne lui fera aucun mal, imbécile que vous êtes! dit la dame d'un ton ferme. Sa Seigneurie ne sera pas en état d'assister au dîner et ressentira probablement un léger mal de tête demain matin, c'est tout. (Elle rit devant l'expression qui se peignait sur le visage de Hayes.) Ne vous en faites pas, on ne vous pendra pas pour ça, je vous le promets.

– Je n'ose pas, milady. Supposez que quelqu'un d'autre boive le vin?

– Si cela se produit, vous vous en repentirez! dit-elle sèchement. C'est moi qui vous ai obtenu cette place et je me suis montrée généreuse. Si vous réussissez, vous serez largement récompensé.

– Merci, milady. C'est seulement que le travail me plaît et que je ne voudrais pas avoir à le quitter.

– Vous le quitterez quand cela me conviendra!

répliqua la visiteuse. Maintenant, vous avez bien compris ce que vous devez faire?

– Oui, milady.

– Alors, exécutez mes ordres!

– Je ferai de mon mieux, milady.

– Cela vaudra mieux pour vous.

La visiteuse allait quitter la pièce et, comme Hayes lui ouvrait la porte, elle ajouta :

– Après tout, je verrai peut-être Sa Seigneurie ce soir, il n'est pas nécessaire que je lui laisse un mot. Je veux lui faire une surprise, aussi ne lui dites rien de ma visite.

Demelza comprit que ces derniers mots étaient destinés aux laquais en faction dans le hall. La dame quitta le salon, Hayes sur ses talons. Demelza ne bougea pas. Quelques instants plus tard, elle entendit un fracas de roues sur les pavés, qui décrut bientôt : la voiture s'éloignait. La jeune fille inspira profondément et s'aperçut alors qu'elle avait retenu son souffle durant presque toute la conversation dont elle avait été le témoin involontaire.

Comment était-ce possible? Comment une aussi belle dame pouvait-elle vouloir nuire au comte? Et comploter contre lui avec un domestique? Abasourdie et désorientée, Demelza gravit l'escalier et, une fois dans la chambre des prêtres, elle s'assit sur le lit afin de mettre de l'ordre dans ses idées. Ce n'était pas nouveau : les femmes usaient volontiers de drogues ou de médecines pour se venger de ceux qu'elles haïssaient ou qu'elles... aimaient.

Demelza en conclut que cette femme était amoureuse du comte puisqu'elle était venue jusqu'au manoir pour tenter de l'empêcher de dîner ce soir avec lord Dysart. Sans doute était-elle jalouse de cette lady Plymworth dont elle avait cité le nom.

Mais de là à droguer le comte! C'était assurément pousser fort loin la jalousie! Demelza se rappelait la façon dont son père parlait, des années auparavant, de la conduite de lady Jersey quand la princesse Caroline de Bregans avait épousé le prince de Galles. Lady Jersey qui avait, semble-t-il, été éprise du prince, faisait partie de la délégation chargée d'accueillir la fiancée à son arrivée en Angleterre. On apprit, plus tard, qu'elle avait versé un émétique dans l'assiette de la princesse afin de gâcher sa nuit de noces. C'était ce que Gérard aurait appelé « un sale tour ». Demelza sentait, au fond d'elle-même, qu'il était méprisable et indigne d'une dame ou se prétendant telle, d'utiliser de pareils procédés. Et voilà qu'une créature si divinement belle que tous les hommes devaient perdre la tête en la voyant, apparaissait et se conduisait de la sorte avec le comte. L'idée qu'il pût souffrir, l'imaginer étendu, inconscient, sur son lit, était insupportable à Demelza. Il était si fort, si athlétique, « le sportif des sportifs », comme l'avait appelé Gérard, que le savoir terrassé par la perfidie d'une femme serait comme assister à la chute d'un grand chêne.

Elle avait dit qu'au pire, il souffrirait de maux de tête le lendemain. Et s'il était trop mal en point pour assister à la course de Moses? Ou, plus grave encore, s'il ne pouvait voir courir son propre cheval? « C'est impossible, se dit Demelza d'un ton résolu, je dois l'en empêcher! Il le faut! »

Son premier mouvement fut d'avertir Gérard, mais cela n'allait pas sans difficultés. En effet, la chambre de son frère était une des rares qui ne possédât pas d'entrée secrète. L'un des précédents propriétaires avait fait supprimer le panneau de chêne et murer l'issue pour tapisser la pièce d'un ravissant papier de riz apporté de Chine. Demelza n'avait donc aucun moyen d'accéder à la chambre de Gérard. En outre, elle avait le sentiment qu'il refuserait de se mêler d'une affaire aussi explosive dans laquelle était impliquée une belle dame qui, par amour du comte, avait soudoyé l'un de ses domestiques et non le moindre. « Non, je ne peux rien dire à Gérard », conclut-elle.

Mais, alors, que pouvait-elle faire?

Après avoir réfléchi longuement, elle prit enfin sa décision.

Le comte était d'humeur fort joyeuse à son retour des courses. Il avait fait un excellent déjeuner avec les membres du Jockey-Club et le roi l'avait honoré de sa confiance en le plaçant à ses côtés. A la fin de la journée, il avait dû avancer à Sa Majesté une coquette somme d'argent alors qu'il avait lui-même misé sur trois des quatre vainqueurs, ce qui était un résultat plus qu'honnête. Et il attendait avec impatience la soirée où il reverrait enfin Charis Plymworth. Elle se trouvait également dans la loge royale et elle lui avait fait comprendre, sans équivoque, qu'elle était aussi impatiente que lui de le retrouver. Elle était particulièrement en beauté, ce jour-là; ses yeux verts en amande intriguaient le comte autant que le sourire de sphinx qui arrondissait ses lèvres de corail. Il avait très bien remarqué que Sydel l'observait tandis qu'il parlait à Charis mais, bien qu'il fût certain qu'elle en brûlait d'envie, se livrer à une scène de jalousie était difficile en présence du roi.

– Les femmes jalouses sont diablement ennuyeuses! avait-il dit à lord Chirn sur le chemin du retour.

– Toutes les femmes sont jalouses! avait répondu son ami, mais à des degrés divers. (Devant le silence du comte, lord Chirn avait poursuivi :) Méfiez-vous de Sydel Blackford! On dit qu'elle pratique la magie noire et qu'elle marmonne des incantations sur un coq mort, ou quelque chose comme ça.

Le comte avait éclaté de rire.

– Cela existait au Moyen Age mais je ne peux pas croire qu'une femme, de nos jours, aille jusque-là.

Lord Chirn avait souri. Il n'avait pas caché au comte qu'il avait eu une liaison brève mais passionnée avec lady Sydel et qu'il la savait capable de tout pour arriver à ses fins. Comme la plupart des amis de Trevarnon, il regrettait que le comte ne pût se ranger et fonder une famille. Il semblait, en effet, contre nature que le comte, qui était si riche, n'eût pas d'héritier. Mais quoi qu'il en pensât, lord Chirn n'était pas disposé à exprimer de tels sentiments à voix haute, aussi la conversation avait-elle dévié sur les courses lorsqu'ils arrivèrent au manoir.

Ils trouvèrent du champagne et des sandwiches dans le grand salon. Mais le comte, qui avait déjà passablement bu dans la loge royale, bavarda quelques instants avec ses amis puis monta s'habiller. Dawson, son valet, devait lui avoir préparé un bain et il avait hâte de se rafraîchir, après la chaleur de cette journée, et de se débarrasser de la poussière, plus dense que les années précédentes en raison de la sécheresse qui se prolongeait. Son valet l'aida à ôter sa redingote dont la coupe ajustée et élégante avait suscité l'envie du roi.

– Je ne comprends pas pourquoi Weston travaille si bien pour vous et si mal pour moi! avait-il grommelé.

Le comte connaissait la réponse et se dit, *in petto,*

que le roi avait tellement engraissé, ces derniers temps, qu'aucun tailleur au monde n'aurait pu lui donner la silhouette élancée dont il rêvait. Mais il se contenta de répondre :

– Vous êtes tout à fait superbe dans votre uniforme aujourd'hui, sire.

Le roi avait souri et s'était redressé.

– C'était une fameuse journée, Dawson, déclara le comte en dénouant sa cravate.

– Oui, de belles courses, milord!

Au moment où le comte jetait négligemment sa cravate sur la coiffeuse, un petit billet, posé contre ses brosses au manche en or, attira son attention. Il lui était adressé et portait la mention « urgent » mais l'écriture lui était inconnue.

– Qui a laissé ceci? demanda le comte.

– Je l'ignore, milord; je ne l'avais pas vu.

– Il était là, sur la coiffeuse.

– On a dû l'apporter avant que j'arrive, milord.

Le comte déplia le billet. Il n'y avait que quelques mots, tracés de la même écriture élégante mais inconnue. « Ne buvez pas le vin que l'on vous apportera pendant que vous vous habillez pour le dîner. Il vous rendrait malade. »

Le comte examinait toujours le billet quand on frappa à la porte. Dawson alla ouvrir et revint avec un plateau chargé d'une carafe en cristal et d'un verre.

– Prendrez-vous un peu de vin avant votre bain, milord? demanda le serviteur.

Le comte regarda la carafe.

– Je voudrais parler à Hunt, dit-il, mais demandez-lui de se renseigner, avant de monter, sur la personne qui est venue ici aujourd'hui et qui a déposé ce billet.

Dawson eut l'air surpris mais, après avoir déposé le plateau, il obéit et quitta la pièce. Le comte saisit la carafe et huma son contenu. Il ne remarqua rien d'anormal et pensa qu'il s'agissait peut-être d'une plaisanterie, d'une farce que lui faisait un de ses amis. Mais l'écriture lui était totalement étrangère. C'était plutôt celle d'une femme et le comte eut l'impression que le parfum subtil qui se dégageait du papier ne lui était pas inconnu. Il porta le billet à ses narines et son odeur lui rappela vaguement une fleur dont il avait oublié le nom. Mais il reconnut la senteur qui flottait dans sa chambre et un peu partout dans la maison. Il avait d'abord pensé qu'elle provenait des vases disposés dans les chambres, mais ils ne contenaient que des roses et leur parfum était différent. Fort intrigué, il se dit qu'une partie du mystère devait s'expliquer par la maison elle-même. On frappa et Domo apparut dans l'encadrement de la porte.

– Vous m'avez demandé, milord?

– Je voudrais savoir qui est venu ici aujourd'hui et qui m'a laissé un mot.

– Je viens d'apprendre que lady Sydel Blackford est venue en fin d'après-midi, milord. Mais, à sa demande expresse, personne ne m'en avait informé.

Lady Sydel Blackford!

– A-t-elle laissé un mot pour moi?

– Non, milord. Elle a dit qu'elle voulait faire une surprise à Votre Seigneurie, ce soir.

– Il me paraît étrange que vous n'ayez pas été au courant de cette visite, Hunt.

– C'est pure négligence, milord, et j'ai déjà fait des remontrances à Hayes.

– Le maître d'hôtel?

– Oui, milord. C'est apparemment Hayes qui l'a laissée entrer.

– Qui a préparé le vin que l'on m'a apporté tout à l'heure?

– Je l'ignore, milord. Mais je vais me renseigner.

– Faites-le, dit le comte d'un ton brusque.

Il fallait attendre, de nouveau. Le comte s'était déshabillé et prenait son bain, jouissant avec délices de l'eau fraîche. Il demanda à Dawson de lui verser le dernier broc avant de se lever et de s'envelopper dans une serviette. Il était encore en train de s'essuyer quand Domo revint.

– Excusez-moi d'avoir été si long, milord, dit-il, mais j'ai eu quelque difficulté à découvrir que c'est Hayes qui a préparé le vin et qui l'a monté lui-même. Il a passé le plateau à Robert, qui est de service à l'étage et qui l'a apporté jusqu'à la chambre de Votre Seigneurie.

– Que savez-vous de Hayes? demanda le comte.

– Il a d'excellentes références, milord. Il a été engagé parce que Votre Seigneurie pensait que Dean ne pourrait pas faire face à toutes les réceptions de la saison.

– Ces références, de qui viennent-elles?

– De deux personnes, milord. Les premières sont du duc de Newcastle – très élogieuses – et les secondes de lady Sydel Blackford.

L'expression qui se peignait alors sur le visage du comte était celle d'un chasseur à l'affût qui vient de voir apparaître le cerf qu'il guettait depuis longtemps dans la lunette de son fusil.

– Lady Sydel Blackford! s'exclama-t-il. Et elle a parlé à Hayes cet après-midi! Envoyez-le-moi. Qu'il soit là dans cinq minutes.

Le comte n'eut aucune difficulté à faire avouer Hayes. Il convoqua ensuite Domo et lui ordonna de licencier le maître d'hôtel sur-le-champ, sans références.

Aussi magnifique dans son habit de soirée que Demelza l'avait vu la veille, le comte se rendit chez lord Dysart avec un sentiment de triomphe. Il avait trouvé la coupable et il veillerait désormais à ce que quiconque recommandé par Sydel Blackford ne franchît le seuil d'une de ses demeures. Mais une énigme demeurait. Qui avait écrit le billet? Qui l'avait déposé sur la coiffeuse? Et qui utilisait ce parfum obsédant dont il ne parvenait pas à retrouver le nom? Il retourna ces trois questions dans sa tête toute la soirée. Bizarrement, il trouva moins de mystère dans l'expression étrange des yeux bridés de Charis Plymworth.

4

Ce mercredi-là, en rentrant des courses, Demelza se dit qu'elle venait de vivre l'une des journées les plus passionnantes de son existence. Elle avait vu les chevaux les plus magnifiques et elle avait sauvé le comte, ce qui provoquait en elle une sensation inconnue jusqu'alors. Elle l'avait vu dans la petite cour fermée qui jouxtait la loge royale et leurs regards s'étaient croisés alors qu'il paraissait à la fenêtre aux côtés du roi. Elle l'avait observé au paddock, dont elle s'était approchée malgré la vive réticence de Nattie à traverser la pelouse.

– Et si sir Gérard nous voyait?

– S'il nous reconnaît, ce qui est peu probable, il comprendra que je ne peux pas me contenter de regarder les chevaux de loin.

Elle désirait surtout voir Cardenio qui devait courir contre Trance, appartenant à Mr Green; elle savait que leur pedigree leur donnait l'avantage sur le poulain engagé par le duc d'York.

Un des poulains du duc l'emporta dans une course de quatre kilomètres, c'était un bai de trois ans issu d'Election et d'une jument appelée Sorcerer. Il était monté avec brio par Boyce, un jockey débutant dont Abbot disait qu'il était promis à un grand avenir.

La fièvre de cette course à peine retombée, ce fut le prix d'Ecosse, que le duc d'York remporta à nouveau, grâce au vainqueur du Derby, Moses, un cheval bai que le duc avait élevé lui-même. Il était superbe, mais Demelza trouva qu'il était loin de valoir Crusader. Elle était sûre que le comte avait gagné sur toutes ses mises et, quand elle le vit bavarder avec Gérard, elle espéra que son frère profiterait de ses conseils avisés avant de risquer l'argent dont ils avaient tant besoin.

Nattie l'entraîna à l'autre bout du paddock, aussi loin que possible des spectateurs de la haute société qui s'étaient massés près des stands. Les gentilshommes qui entouraient le roi étaient suprêmement élégants avec leurs chapeaux hauts de forme penchés crânement sur l'oreille, selon la mode du moment.

Mais Demelza n'en trouva aucun qui égalât le comte, qui possédât non seulement son allure, mais la personnalité que trahissait tout son individu.

De nouveau, Nattie exigea leur départ dès la fin de la troisième course; malgré son désir de rester encore un moment, Demelza savait qu'elle devait se montrer prudente et ne prendre aucun risque. Elle n'avait pas eu l'occasion de parler à Gérard depuis l'arrivée du comte et de ses amis, et elle devinait que son frère se persuadait lui-même qu'elle ne se trouvait pas au manoir. Elle ne pouvait s'empêcher de s'interroger sur les raisons de cette comédie, alors que les invités du comte se conduisaient de manière fort honorable. Ils ne se livraient à aucune de ces beuveries de règle chez les dandys de Saint James, pas plus qu'il n'y avait de ces réceptions tapageuses si habituelles durant la semaine des courses. Ce soir-là, le comte devait dîner au manoir et Demelza se demanda s'il avait invité de jolies dames. Une chose était certaine : celle qui avait ordonné au jeune maître d'hôtel de droguer le comte n'assisterait pas au dîner. Nattie avait raconté que Hayes avait quitté la maison la veille au soir, avec pertes et fracas.

« C'est moi qui l'ai sauvé », s'était dit Demelza avec un sentiment de triomphe.

Le comte avait-il été anxieux de connaître l'auteur du billet? Mais il ne le saurait jamais et la jeune fille en ressentit un certain dépit.

Demelza pénétra dans le manoir par la porte du jardin, comme elle en avait pris l'habitude. En gravissant l'escalier, elle ne résista pas à l'envie d'aller jeter un coup d'œil sur les fleurs qu'elle avait disposées le matin, pour s'assurer qu'elles n'étaient pas fanées. Elle les avait cueillies dans son jardin personnel qui, entouré d'un mur de brique rouge, ne pouvait être aperçu d'aucune fenêtre de la maison. Autrefois, c'était sa mère qui s'occupait de ce jardin et Demelza, qui s'efforçait de l'entretenir, y avait planté ses fleurs préférées. Il y avait surtout ces roses, dont elle fleurissait toujours la chambre de son père. A l'extrémité du jardin, il y avait une petite tonnelle recouverte de chèvrefeuille luxuriant et de roses blanches – les préférées de sa mère – à la senteur délicate.

Demelza avait arrangé de riches bouquets dans le salon et mis des roses fraîches dans la chambre du comte, espérant qu'il apprécierait : elles faisaient des taches de couleur du meilleur effet sur les boiseries sombres. Mais le comte possédait tant de trésors qu'il était peu probable qu'il s'intéressât aux fleurs. Elle avait néanmoins accordé beaucoup de soin au bouquet ornant le bureau, dans la bibliothèque : c'est là que le comte faisait son courrier et il lui arrivait d'y savourer un moment de solitude, tôt le matin.

Considérant qu'il était indélicat de l'espionner, elle ne s'autorisait à l'observer que lorsqu'il se trouvait dans la salle à manger ou aux courses. Là, elle n'avait pas le sentiment d'être indiscrète et elle ne le quittait des yeux que pour admirer les chevaux.

Elle ne comprenait toujours pas pourquoi Gérard lui avait dépeint le comte comme un perverti. Peut-être était-ce à cause de sa beauté qui devait pousser les femmes à se conduire comme celle qui avait tenté de le droguer. Elle brûlait de savoir s'il en avait été très épris et se surprit à les imaginer en train de flirter. Ils devaient s'embrasser, bien sûr, et Demelza se prit à rêver d'une aussi merveilleuse expérience. D'autant qu'on ne l'embrasserait peut-être jamais, elle.

Nattie lui reprochait sans cesse de ne pas fréquenter des « gens comme-il-faut ». En réalité, la vieille nourrice entendait par « gens comme-il-faut » de jeunes célibataires parmi lesquels Demelza pourrait se choisir un mari.

« Je ne me marierai peut-être jamais », se dit-elle en pensant au malheur du comte, dont la femme était folle.

Elle ressentit une douleur presque physique en songeant aux souffrances qu'il avait dû endurer et pria pour que pareille épreuve fût épargnée à Gérard.

En gravissant l'escalier en colimaçon qui conduisait à la chambre des prêtres, elle décida qu'elle lirait, allongée sur son lit, l'un des ouvrages qu'elle avait apportés dans sa retraite. La chambre était lumineuse, malgré ses lucarnes sous le toit. Demelza en avait nettoyé les vitres et la clarté qu'elles diffusaient donnait une impression de fraîcheur, bienvenue après la chaleur du champ de courses.

Elle saisit son livre mais ne parvint pas à se concentrer. Elle revoyait les courses... et le comte. Il correspondait exactement à l'idée qu'elle se faisait de l'homme : sportif, amateur de chevaux et, sans aucun doute, excellent cavalier. Il semblait personnifier tous les héros de ses rêves d'enfant : saint George, sir Galahad et les personnages de sir Walter Scott dont son père achetait tous les livres au fur et à mesure de leur parution.

– Je n'imaginais pas, à cette époque, que je verrais en chair et en os le héros de ses romans, soupira-t-elle.

Demelza pensa qu'elle s'était assoupie en constatant qu'il faisait presque sombre dans la chambre; sans doute le soleil s'était-il couché. Elle entendit le pas lourd de Nattie qui lui apportait son repas du soir.

La jeune fille s'assit sur le lit.

– Je me suis endormie, Nattie, quelle heure est-il?

– Presque 10 heures. Les domestiques viennent de se mettre à table.

Demelza faillit crier, tant sa déception était grande.

Elle avait eu l'intention d'aller observer le comte pendant qu'il dînait. Il était trop tard à présent car, le temps qu'elle avale son repas, ils seraient déjà passés au salon.

– Il y avait réception, ce soir, dit Nattie comme si elle lisait dans les pensées de Demelza.

– Il y avait des dames?

– Non, seulement des gentilshommes; ils n'ont dû parler que des courses. Décidément, on ne pense qu'à cela dans cette maison!

– Et demain aussi, on ne parlera que de cela, déclara Demelza en souriant, quand Crusader aura gagné la Gold Cup.

– S'il la gagne! rectifia Nattie d'un ton acerbe.

– Il gagnera, affirma la jeune fille. Comment cela serait-il possible que le meilleur cheval ne gagne pas la plus prestigieuse des courses?

La Gold Cup d'Ascot avait été créée en 1807. La première année, le parcours était de trois kilomètres et demi puis, l'année suivante, on avait porté la distance à quatre kilomètres. Demelza avait entendu dire que la reine et la princesse y assisteraient depuis un pavillon construit tout exprès pour la course, avec son emblème. Une autre loge réservée au prince de Galles s'élevait juste en face de la tribune des juges.

– Nattie, tu te souviens de la toute première course pour la Gold Cup? demanda Demelza.

– Bien sûr que je m'en souviens. La reine et les princesses portaient des mantes à l'espagnole et des chapeaux comme qui dirait de gitans.

Demelza éclata de rire. Elle taquinait toujours Nattie sur sa curiosité pour tout ce qui concernait la famille royale.

– Et tu te rappelles qui a gagné la course?

– Croyez-le ou non, miss, mais cela m'est complètement sorti de la tête.

Demelza rit à nouveau.

– Tu regardais la reine au lieu de Master Jockey!

– C'est que je trouvais peut-être Sa Majesté plus intéressante, répliqua Nattie sur un ton de défi.

– Eh bien, demain, tu pourras oublier le roi et te concentrer sur Crusader! Je ne crois pas que les cent guinées offertes au vainqueur représentent quelque chose pour le comte. Seuls la gloire et l'honneur l'intéressent.

Elle pensa aux efforts déployés chaque année par les propriétaires et les jockeys pour emporter ce qu'on appelait autrefois « la Coupe de l'Empereur » car, en plus des cent guinées, Alexandre Ier, le tsar de Russie, offrait également une coupe. La Gold Cup avait toujours passionné le père de Demelza et il lui avait communiqué son enthousiasme. Nattie, quant à elle, était tout au souvenir des personnalités royales qu'elle avait vues autrefois et elle était en train de décrire l'arrivée de George III et de sa suite, à cheval, quand, prenant conscience de l'heure, elle jaillit de son siège et saisit le plateau.

– Il est temps de vous coucher, miss. Vous devez être fatiguée.

– J'étais fatiguée en rentrant, reconnut Demelza, mais j'ai dormi et, à présent, je me sens tout ce qu'il y a de plus réveillée.

– Et n'allez pas vous gâter les yeux à lire toute la nuit, gronda Nattie.

Que de fois, depuis sa plus tendre enfance, Demelza n'avait-elle entendu sa vieille nourrice lui répéter que la lueur des chandelles était trop faible pour lire!

– Bonne nuit, Nattie chérie, ne t'inquiète pas

pour moi. Et rappelle-toi que demain, je veux mettre ma plus belle robe.

C'était encore une robe de mousseline blanche mais celle-ci était ornée de jolis rubans qui leur avaient paru, à toutes deux, fort coûteux à l'achat.

Une fois seule, Demelza se dévêtit puis elle passa sa chemise de nuit et un déshabillé blanc, qu'elle devait également à l'habileté de Nattie, fermé par un petit col montant agrémenté de dentelle. Elle se brossa les cheveux pour les faire briller, comme sa mère le lui avait appris, puis, ne sentant toujours pas le sommeil venir, elle prit son livre et s'efforça de se concentrer sur sa lecture. Elle avait pris soin d'allumer deux bougies, ce que Nattie n'aurait pas manqué de qualifier de gaspillage, que cela soit ou non meilleur pour la vue. Puis, finalement intéressée par son livre, elle oublia tout jusqu'à ce qu'elle entendît sonner les douze coups de minuit. « Je dois probablement me coucher à présent », se dit-elle en refermant son livre qu'elle rangea avec soin. La chambre des prêtres était en effet si exiguë qu'un ordre absolu devait y régner.

Engourdie d'être restée trop longtemps assise, elle s'étira. Puis, soudain, elle eut envie d'aller prendre l'air. Le manque d'aération constituait l'un des inconvénients de la chambre des prêtres et, pour la première fois depuis qu'elle s'y était installée, Demelza avait le sentiment d'être oppressée et de manquer d'espace.

« Je vais descendre jusqu'à la porte du jardin pour respirer un moment et je remonterai. Même Nattie n'y trouverait rien à redire », pensa-t-elle.

Elle chaussa ses mules de satin à talons plats et commença à descendre tranquillement l'escalier. Elle avait déjà dépassé le premier étage quand elle entendit une conversation qui provenait de ce qu'on appelait la « chambre rouge ». Les voix étaient distinctes mais basses et sinistrement chuintantes. Sans vraiment se rendre compte de l'indiscrétion qu'elle commettait, Demelza se haussa sur la pointe des pieds et colla son œil au petit trou qui permettait d'observer la pièce à travers le panneau lambrissé. Elle se souvint alors que la chambre était occupée par sir Francis Wigdon, l'homme qui lui déplaisait tant.

Assis au bord du lit, il portait encore sa tenue de soirée mais avait dénoué sa cravate.

– Avez-vous apporté ce que je vous ai demandé? l'entendit dire Demelza à voix basse, comme s'il avait quelque chose à cacher.

Elle se déplaça légèrement pour distinguer l'interlocuteur et elle découvrit avec surprise que deux autres hommes se tenaient dans la pièce. Le premier semblait être un valet : il portait un gilet rayé, probablement la livrée de sir Francis. L'autre individu avait l'air plus fruste et vulgaire; il portait un mouchoir rouge autour du cou. Il tordait nerveusement la casquette qu'il tenait à la main. Ce fut lui qui répondit.

– Je l'ai mis en lieu sûr, gouverneur.

– Et vous êtes certain que la dose sera assez forte? demanda sir Francis à celui qui semblait être son valet.

– J' vous jure, sir, que si Crusader avale ça, y n' pourra pas courir demain.

Demelza n'en croyait pas ses oreilles et retint son souffle.

– Alors, prenez-le avec vous! ordonna sir Francis. Mais assurez-vous que tout le monde dort avant d'aller aux écuries.

– On f'ra attention, sir, répondit le valet.

Demelza n'avait pas besoin d'en entendre davantage : elle avait compris ce qu'ils avaient l'intention de faire. Il y avait toujours eu des histoires de chevaux drogués, de propriétaires qui faisaient garder les écuries. Mais sans doute le comte, pas plus qu'Abbot, n'avaient-ils imaginé que les chevaux ne pussent être en sécurité au manoir.

Elle pensa d'abord aller réveiller Gérard, mais elle craignit de rencontrer dans le couloir les deux individus ou sir Francis lui-même. Ses pas la conduisirent presque malgré elle au passage qui menait à la chambre de maître. Ce n'est qu'en descendant les marches qui aboutissaient au panneau secret de la cheminée qu'elle fut prise d'une hésitation soudaine, en imaginant la fureur de son frère. Mais qu'importait, si elle sauvait Crusader? Comment pourrait-elle faire comme si de rien n'était alors qu'on allait le droguer pour l'empêcher de courir le lendemain? Elle ne pensait pas seulement à l'humiliation subie par le comte qui devrait retirer son cheval ni à l'argent que Gérard et lui avaient misé sur Crusader. Elle pensait aussi à l'affront et à la honte ressentis à l'idée qu'il pût se passer des choses pareilles au manoir.

Sans même jeter un coup d'œil par le judas, elle actionna le mécanisme de la porte dérobée et pénétra dans l'ancienne chambre de son père. Les rideaux n'étaient pas tirés et, à la pâle clarté des étoiles et de la lune déjà haute dans le ciel, elle aperçut le comte qui dormait dans son lit.

Demelza respira profondément et se mit à parler...

Le comte avait été enchanté de son dîner auquel il avait convié six de ses meilleurs amis. La chère était exquise, le vin excellent, la conversation avait roulé sur les courses et chacun avait rivalisé d'anecdotes amusantes sur le sujet. Ils avaient plaisanté avec tant de verve que le comte avait regretté l'absence du roi. S'il y avait une chose que George IV appréciât réellement, c'était bien une conversation pétillante d'esprit à laquelle il participait avec une intelligence dont peu de gens, excepté ses intimes, le créditaient.

– Une sacrée soirée, Valient! s'était exclamé l'un des invités en prenant congé, il y a longtemps que je n'avais autant ri.

En regagnant sa chambre, le comte se félicita d'avoir eu la sagesse d'insister pour que chacun se retirât de bonne heure. A l'instar du roi, il détestait les réceptions qui s'éternisaient, surtout quand les hommes buvaient trop et se mettaient à divaguer. Etant lui-même sobre, les ivrognes l'ennuyaient et il refusait de se laisser ennuyer.

Au moment de se coucher, il s'était remémoré les paroles de lord Chirn, dans l'escalier.

– C'est mon meilleur séjour à Ascot, Valient. Non seulement j'ai gagné de l'argent, mais je ne me suis jamais senti aussi bien; cette maison est si paisible, si tranquille que je dors comme un enfant.

C'était aussi l'avis du comte. Le matin, il n'était pas incommodé par les cris des femmes de chambre ni par les sifflets des palefreniers et l'air pur qui pénétrait par les fenêtres lui apportait des senteurs de pin et de fleurs. A peine avait-il posé sa tête sur l'oreiller qu'il s'endormit.

Il se réveilla avec une vivacité due à son expérience militaire. Son instinct l'avait averti avant même d'entendre une voix très douce qui disait :

– Allez voir Crusader! Allez voir Crusader!

Il se tourna vers le lieu d'où venait la voix et, incrédule, aperçut le fantôme de la Dame Blanche. C'était la même vision qu'il avait eue dans la galerie, le jour de son arrivée, et, là encore, elle se tenait près de la cheminée. Il pouvait la distinguer assez nettement grâce à la clarté de la fenêtre. Il se dressa sur son lit. La voix répétait :

– Allez voir Crusader! Maintenant! C'est urgent.

Il s'assit, mais déjà la Dame Blanche s'était évaporée. La Dame Blanche avait disparu et, à l'endroit où elle se tenait, un instant auparavant, on ne distinguait que le contour du manteau de la cheminée se découpant sur les boiseries sombres.

« Je dois rêver », se dit le comte.

Mais il était tout à fait éveillé et il y avait tant de conviction dans la voix douce que le comte n'hésita pas : il devait faire ce qui lui avait été indiqué, ne fût-ce que pour s'assurer qu'il n'était pas le jouet de son imagination. Il se leva et s'habilla avec une hâte qui eût troublé Dawson – qui aimait vêtir son maître avec lenteur. Il endossa le premier manteau qu'il trouva dans la penderie et noua une cravate à la diable. Puis il chaussa des escarpins à semelles souples et s'engagea dans le couloir.

La maison était plongée dans l'obscurité, à part la bougie fichée sur un chandelier d'argent qui éclairait le hall. Le comte s'en empara et longea le corridor qu'il savait mener aux écuries. Arrivé près des cuisines, il posa le chandelier et poussa les verrous qui fermaient la porte latérale. L'air frais de la nuit lui balaya le visage et il se trouva tout à coup stupide d'avoir prêté une attention quelconque à ce qui n'était, sans aucun doute, qu'un rêve particulièrement vivant. Mais si, comme il le supposait, rien n'était arrivé à Crusader, il n'aurait qu'à retourner se coucher. Personne ne saurait qu'il avait eu des visions.

« C'est le vin qui devait être trop fort; j'avais soif et j'en aurai bu plus que de raison », se dit le comte.

Pourtant, la Dame Blanche avait paru si réelle. D'ailleurs, les fantômes parlent-ils?

Il dut reconnaître son ignorance totale en la matière. Il venait de passer les grands lauriers qui poussaient parmi les herbes folles et les écuries se dessinaient à peine quand il vit quelque chose bouger devant lui. D'instinct, il s'arrêta. Il avait cru distinguer quelque chose dans la zone d'ombre, à l'entrée des écuries. Il se demandait, une fois de plus, s'il n'était pas le jouet d'une hallucination quand on bougea à nouveau. Il aperçut alors une main. Il attendit. Quelques secondes plus tard, il vit deux hommes manifestement malintentionnés se diriger furtivement vers les écuries. Ils se dissimulaient dans l'ombre du bâtiment. Ainsi la Dame Blanche l'avait averti à temps. Il se souvint alors que l'un de ses lads avait signalé que la serrure de l'entrée principale de l'écurie était hors d'usage. Il avait à peine écouté sur le moment, jugeant le fait sans importance. Comme d'habitude, les lads devaient dormir au-dessus des boxes, et personne, parmi les gens louches qui fréquentaient le champ de courses, ne pouvait savoir où logeait le comte puisqu'il avait dû changer ses plans au dernier moment.

L'homme qui venait en tête poussa la porte et le comte se remit en marche dès qu'ils eurent pénétré dans l'écurie. Ses escarpins ne faisaient aucun bruit sur la cour pavée et, quand il jaillit, tel un ouragan, ils étaient en train d'ouvrir la grille du box de Crusader.

Il empoigna le premier homme qui se retourna et lui décocha un coup de poing dans la mâchoire qui le fit décoller du sol. L'autre individu, plus costaud et agressif, marcha sur lui. Le comte avait appris la boxe avec « gentleman Jackson » et son partenaire Mendoza, les meilleurs spécialistes de leur génération. Il n'y eut même pas de combat car son adversaire s'écroula, inconscient, quelques secondes plus tard. Le comte alerta les lads qui arrivèrent en courant avec Baxter, leur chef, et le vieil Abbot. Ils fouillèrent les hommes et découvrirent la drogue destinée à Crusader. Baxter tendit au comte le flacon qu'il tenait dans le creux de sa main.

– Excusez-moi, milord, j'aurais dû poster un vigile, mais je pensais que la maison était sûre.

– C'est une bonne leçon, Baxter, dont nous devrons tirer les conséquences pour l'avenir. Je me demande qui a payé ces bandits.

C'est alors qu'Abbot qui éclairait de sa lanterne le plus petit des deux individus, poussa un cri.

– Qu'y a-t-il? demanda le comte.

– J'ai d'jà vu ce type, m'lord, il est v'nu d'jà plusieurs fois voir les écuries depuis qu'il est au manoir.

– Qu'il est au manoir? répéta le comte avec brusquerie.

– Ouais, m'lord, y m'a dit qu'y s'intéressait aux ch'vaux, espécialement à Crusader.

– Qui est-ce?

– Y disait qu'il était un valet, m'lord. Et y porte une livrée.

Le comte baissa les yeux. A la lumière de la lanterne, il reconnut la croix gravée sur les boutons du gilet rayé.

– Ligotez-moi ces vermines, ordonna-t-il à Baxter, et enfermez-les pour cette nuit. Demain matin, je veillerai à ce qu'on les remette à la police.

– A vos ordres, m'lord, et merci, m'lord. Si vous saviez comme j'suis mortifé de ce qui vient de se passer.

– Par bonheur, j'ai été alerté à temps, répondit le comte.

– Alerté, m'lord?

C'était une question à laquelle le comte, qui avait repris le chemin de la maison, ne pouvait pas répondre. Il monta jusqu'à la chambre rouge dont il ouvrit la porte sans frapper. Sir Francis, à moitié déshabillé, n'était pas couché. En voyant le comte, il prit une expression effrayée et coupable.

– Je vous donne dix minutes pour quitter cette maison! dit le comte d'un ton cassant.

– Mais que...

Le comte l'interrompit.

– Si vous possédez ne serait-ce qu'une once de sagesse, vous quitterez le pays. Vos complices vous dénonceront probablement à la police et un mandat d'arrêt sera lancé contre vous.

Sir Francis garda le silence. Durant un instant, le comte eut la tentation de le frapper, mais il se persuada bientôt que cela serait au-dessous de sa dignité.

– Dix minutes, répéta-t-il, puis il sortit en refermant la porte derrière lui.

Rentré dans sa chambre, il fut de nouveau frappé par l'étrangeté de ce qui venait d'arriver et il se mit à examiner d'un air incrédule l'endroit où la Dame

Blanche lui était apparue. Il s'approcha et reconnut le parfum doux et subtil qui se dégageait du billet de la veille.

« D'abord moi, ensuite, mon cheval », se dit le comte avec un pincement des lèvres. Si, à la rigueur, on peut admettre que les fantômes parlent, ils n'écrivent sûrement pas de lettres. Il fixait toujours l'endroit où il avait vu la Dame Blanche. Puis il promena la main sur le panneau. Le souvenir de la maison du Worcestershire où, enfant, il allait avec ses parents, lui revint en mémoire. C'était une vieille bâtisse entourée de douves qui l'enchantait. Ses parents ne s'occupaient pas de lui et, étant le seul enfant, il s'était attaché au conservateur, un brave homme qui lui commentait les tableaux représentant des batailles et autres scènes dramatiques qui couvraient les murs de la maison. Séduit par la vivacité d'esprit du garçonnet, le conservateur lui racontait la bataille de Worcester et la fuite du roi qui, pour échapper à ses poursuivants, s'était réfugié dans un chêne. « Plusieurs de ses ennemis se sont cachés dans cette maison », lui expliquait-il en lui montrant le passage secret qui avait permis aux royalistes d'échapper aux recherches des troupes de Cromwell. On y accédait par une porte dérobée juste assez large pour qu'un homme pût s'y glisser. Le conservateur avait appuyé quelque part sur une moulure, après avoir tâtonné un moment. Le comte se souvint alors de son ravissement quand le panneau avait pivoté.

A présent, ses doigts erraient sur les feuilles, les fleurs, les arabesques délicatement sculptées. Il commençait à croire que ses recherches étaient vaines quand il trouva enfin! Il appuya et le panneau s'ouvrit, laissant apparaître, à la grande surprise du comte, deux paires de bottes d'équitation. Le comte revint à sa chambre, alluma la bougie du chandelier de cuivre posé sur la table de chevet. Le tenant à bout de bras, il franchit le panneau avec l'impression d'être un explorateur sur le point de faire la découverte de sa vie. Il gravit lentement et sans bruit l'étroit escalier en colimaçon. Il hésita à plusieurs reprises aux endroits où les passages secrets se croisaient mais il continua de monter jusqu'à ce qu'il aperçût une lumière au-dessus de lui; il avait presque atteint le sommet de la maison.

Un instant plus tard, il pénétrait dans la chambre des prêtres. Il remarqua l'exiguïté de la pièce : un divan contre un mur, sur l'autre, un portrait de la Vierge encadré de fleurs. Au-dessous du tableau se trouvait une espèce d'étagère que les prêtres persécutés avaient dû, autrefois, utiliser comme autel. Une coupe de roses blanches luisait doucement entre deux bougies. La Dame Blanche était agenouillée, les mains jointes dans l'attitude éternelle d'une femme en prière. Ses cheveux dénoués étaient d'un blond si pâle, à la lueur des chandelles, qu'il semblait d'argent. De petite taille et d'apparence frêle, on eût cru une enfant, si la robe de chambre blanche, dégrafée sur le devant, n'avait laissé deviner les courbes douces de ses seins. Elle montrait un profil aristocratique, avec un nez droit et des cils sombres recourbés sur ses joues pâles.

Il y avait fort longtemps que le comte n'avait vu une femme agenouillée en train de prier et, en gravissant les escaliers, il ne s'attendait certes pas à ce spectacle. Soudain, comme si elle avait ressenti une présence étrangère, la femme se retourna. Elle avait un regard étrange, et des yeux si grands qu'ils semblaient lui manger tout le visage. Elle paraissait très calme. De cette voix douce qu'il avait déjà entendue dans la chambre, elle demanda tranquillement :

– Crusader?

– Il n'a rien, répondit le comte, je suis allé le voir, comme vous me l'aviez dit.

Elle poussa un profond soupir de soulagement.

– Vous étiez en train de prier pour lui?

– Oui, j'avais peur... tellement peur... que vous arriviez trop tard.

– Vos prières ont été exaucées.

Elle se releva lentement.

– Qui êtes-vous? Je pensais que vous étiez un fantôme.

Elle sourit et l'expression de son visage se modifia; d'angélique, elle devint humaine mais elle était toujours aussi adorable.

– La Dame Blanche, dit-elle, c'est ce que j'espérais... que vous croiriez... quand vous... m'avez vue... dans la grande galerie.

– Pourquoi? Pourquoi vous cachez-vous? demanda le comte.

Il éprouvait l'impression bizarre d'avoir pénétré dans un autre monde. Malgré son sourire, malgré ses paroles, elle lui semblait toujours irréelle, aussi éthérée que le fantôme dont elle avait joué le rôle.

– Qu'est-il arrivé à Crusader? reprit-elle, toujours préoccupée par le cheval.

– Deux hommes ont voulu le droguer, expliqua le comte. Je les ai assommés raides.

– C'est ce... que j'espérais... que vous feriez.

Le comte était certain qu'il se trompait en croyant lire de l'admiration dans les étranges yeux violets. Soudain, la jeune fille remarqua la main du comte.

– Mais vous êtes blessé! s'écria-t-elle.

Le comte s'aperçut, en effet, qu'en frappant de toute sa force, il avait fait éclater la peau aux jointures de ses doigts.

– Ce n'est rien.

– Mais si, insista Demelza, cela peut s'infecter et devenir très douloureux.

Elle ouvrit un placard encastré dans le mur et en sortit une cuvette et un broc en porcelaine qu'elle posa sur une chaise puis une serviette et une petite boîte. Le comte l'observait; dans l'espace restreint de la petite chambre, il semblait particulièrement fort et imposant.

– Vous devriez vous asseoir sur le lit, milord, je pourrai mieux soigner votre main.

Le comte était si intrigué qu'il obéit sans discuter. Il posa son chandelier à côté des bougies qui brûlaient sur l'autel et s'assit. Demelza s'agenouilla près de lui et versa un peu d'eau dans la cuvette. Elle y ajouta des herbes qu'elle prit dans la boîte.

– Comment vous appelez-vous? demanda-t-il alors qu'elle mélangeait le tout avec ses doigts.

– Demelza.

– Vous êtes originaire de Cornouailles?

– Oui, par ma mère.

– Tout comme moi.

– Mais bien sûr! s'exclama-t-elle, j'avais oublié que Trevarnon est un nom de cette région... mais j'aurais dû... le deviner.

– Vous êtes la sœur de Gérard Langston?

Elle acquiesça d'un hochement de tête tout en saisissant la main du comte qu'elle plongea dans l'eau froide et nettoya avec soin. Il se demanda si une autre femme aurait pu accomplir ces gestes avec autant d'innocence; l'attitude de Demelza était très naturelle alors que lui-même ressentait avec une vive acuité la présence de la jeune fille.

– Vous cultivez ces herbes dans le petit jardin qui est entouré de murs de brique?

– C'était le jardin de maman.

– Chèvrefeuille! s'exclama soudain le comte. (Devant l'air étonné de la jeune fille, il ajouta :) Ce parfum me poursuit depuis mon arrivée et, à présent, je le retrouve dans vos cheveux.

– Il est fait avec le chèvrefeuille qui pousse sur la tonnelle. Maman m'a appris à en extraire l'essence, au printemps.

– J'étais incapable de l'identifier, expliqua le comte, mais il flotte dans toute la maison et le billet que vous m'avez laissé en était imprégné.

– Je n'avais pas d'autre moyen... pour vous avertir...

– Comment avez-vous su, pour le vin? (Les joues de Demelza s'empourprèrent et, avant qu'elle pût répondre, il s'exclama :) Mais bien sûr! Vous pouvez tout observer!

– Je ne regarde qu'exceptionnellement, dit Demelza. J'étais surprise... d'entendre une voix de femme dans... le grand salon... en rentrant des courses... Et cette nuit, il faisait si chaud, que je voulais respirer un peu d'air frais...

– Et vous avez surpris les propos de sir Francis? suggéra le comte.

– Je l'ai entendu parler d'une voix étrange... On aurait dit qu'il conspirait... c'était sinistre. Sinon, je n'ai jamais regardé ni écouté, sauf le premier soir quand vous étiez dans la salle à manger.

Elle lui jeta un rapide coup d'œil, espérant qu'il comprendrait.

– M'avez-vous entendu questionner votre frère au sujet de la Dame Blanche? demanda-t-il lentement.

– Je me trouvais dans... la galerie des Ménestrels.

– Peut-être ressentais-je inconsciemment votre présence. Je me demandais comment quelqu'un – à moins qu'il ne s'agît d'un fantôme – pouvait disparaître aussi soudainement de la grande galerie.

A ces mots, Demelza se rappela son frère et la colère qui serait la sienne s'il venait à apprendre qu'elle avait rencontré le comte. Elle alla à nouveau vers le placard et revint avec un morceau de toile qu'elle déchira en charpie.

– Je vais vous bander la main, pour cette nuit, dit-elle. Mais, je vous en conjure... oubliez que vous m'avez vue...

– Et pourquoi?

– Parce que Gérard m'a fait promettre... de ne pas entrer dans la maison... tant que vous y serez. Et j'ai promis... il voulait que je parte... mais je ne savais où aller.

– Et vous savez pourquoi votre frère craignait tellement que nous nous rencontrions?

Il devina la réponse, en voyant Demelza baisser les yeux et rougir à nouveau.

– Votre frère avait tout à fait raison, dit le comte, notre rencontre restera secrète. Mais j'aurai du mal à expliquer comment j'ai réussi à sauver Crusader.

– Vous pourriez avoir eu l'intuition qu'il se passait quelque chose d'anormal, fit rapidement

Demelza. Je ne voudrais pas... vous forcer à mentir... mais Gérard serait tellement furieux contre moi.

– Je vois qu'il m'a décrit comme un monstre! répondit le comte, mécontent.

– Gérard a énormément d'admiration pour vous... comme tout le monde, d'ailleurs. C'est seulement que...

– ... j'ai une réputation détestable, quand il s'agit des femmes, acheva le comte.

Etait-il nécessaire de confirmer qu'il avait deviné?

– Je vous suis tellement reconnaissant de nous avoir sauvés, Crusader et moi, que personne ne saura rien de notre rencontre, promit le comte.

– C'est très gentil à vous. Je ne voudrais pas que Gérard... s'inquiétât à mon sujet...

– Il restera dans l'ignorance la plus complète de ce qui s'est passé.

Le comte se leva et tendit à Demelza la main qui n'était pas bandée.

– Merci, dit-il, merci, ma petite Dame Blanche, pour tout ce que vous avez fait. Si Crusader gagne demain, ce sera votre victoire.

Il lui baisa la main. En saisissant le chandelier, il regarda une dernière fois les étranges yeux couleur de pensée levés vers lui. Puis il descendit lentement l'escalier.

5

Assis à la table aux ors brillants de la salle à manger du château de Windsor, le comte n'écoutait qu'à grand-peine la conversation. Tous les invités l'avaient félicité et il le méritait tout à fait : Crusader avait gagné la Gold Cup, battant d'une encolure Sir Huldibrand au terme d'une des courses les plus disputées et les plus serrées que l'on ait vues à Ascot.

Sir Huldibrand avait tout d'abord imposé un train extrêmement rapide et avait gardé la tête jusqu'aux chenils, puis Crusader l'avait dépassé et, arrivé au bas de la colline, il avait forcé l'allure. A mi-course, les chevaux étaient côte à côte et, comme l'avait dit un spectateur près du comte : « C'est à pile ou face. »

La lutte entre ces deux chevaux exceptionnels fut splendide et terrible, mais ce fut finalement Crusader qui l'emporta de quelques centimètres.

– Je n'ai jamais vu une aussi belle course, Valient. Mais nous aurions dû nous douter qu'avec votre chance insolente vous gagneriez le prix le plus convoité, avait dit le roi après l'arrivée, avec un petit soupir.

Son propre cheval était arrivé non placé. Mais il appréciait sincèrement le comte qui, selon la tradition, occupait la place d'honneur, et il lui avait porté plusieurs toasts.

Les regards meurtriers que lady Sydel lui lançait par-dessus la table n'avaient pas échappé au comte. En fait, la situation n'était pas si dramatique et il se moqua de lui-même. Il éviterait de se trouver en tête à tête avec elle, voilà tout, même si elle devait lui faire des avances pressantes.

Il s'était surpris, durant toute la journée, à scruter avec ses jumelles les abords du champ de courses; il cherchait un visage aux grands yeux couleur de pensée et une robe blanche. Mais il était impossible de reconnaître qui que ce soit dans la foule grouillante venue plus nombreuse que les autres jours pour la Gold Cup. Les voitures s'agglutinaient, en plusieurs rangées sur près de deux kilomètres, le long de la pelouse. Le comte se souvenait qu'autrefois, les hallebardiers étaient chargés de canaliser le public, puis ils avaient été remplacés par des patrouilles de police montée.

Les difficultés rencontrées lors de la préparation de la course principale engendraient généralement – comme cela avait été le cas aujourd'hui – des retards sur l'horaire. Aussi, après s'être changé au manoir, le comte avait-il dû conduire à une vitesse folle pour arriver à temps au château et Jem, qui l'accompagnait, n'était guère rassuré. Ils arrivèrent cependant sans encombre mais ils devaient apprendre, plus tard, que deux personnes avaient été tuées et plusieurs chevaux grièvement blessés dans les nombreux accidents qui s'étaient produits sur la route de Londres ce soir-là.

Malgré un accès de goutte, le roi était d'humeur

enjouée et lady Conyngham, que le comte trouva charmante en dépit des critiques dont elle était l'objet, avait l'air de rendre Sa Majesté heureuse.

Tous les gens de la suite royale et ceux invités au dîner se trouvaient être des intimes. Le comte avait toujours eu beaucoup de sympathie pour le duc d'York, que l'on félicitait également pour ses succès, Ascot lui ayant particulièrement bien réussi cette année.

– Ce sont les meilleures courses auxquelles il m'ait été donné d'assister, avoua-t-il au comte d'un air endormi, et mes chevaux m'ont joliment rapporté.

Le duc d'York n'était pas d'une grande finesse mais il possédait une intelligence des hommes qui lui permettait d'éviter les erreurs qui avaient rendu ses frères impopulaires. Il était à la fois respecté et aimé. « Son Altesse Royale est le seul prince anglais qui sente et agisse en vrai gentilhomme », avait coutume de dire le comte en parlant du duc d'York.

Pendant le dîner, le comte était assis à côté de la jolie princesse Estherazy qui ne laissait pas de lui faire du charme. Mais il ne pensait, ce soir-là, qu'à l'étrange aventure de la nuit précédente et la vision de Demelza, agenouillée devant l'autel, resurgissait sans cesse au moment où il s'y attendait le moins.

Soudain, il fut saisi du désir impérieux de retrouver le mystère et la tranquillité du manoir, de franchir à nouveau la porte dérobée. Et, à la fin du dîner, quand le roi se retira, en invoquant son état de fatigue, le comte l'imita, sans prendre congé, par crainte d'être retenu. Il suivit le roi jusqu'à la porte et, celui-ci, comme devinant ses intentions, le prit par le bras avec bonhomie et l'entraîna hors du salon.

Dans le couloir, il se pencha vers le comte :

– Vous voulez vraiment partir si tôt, Valient?

– Une réception perd son attrait quand vous n'y êtes plus, sire, répondit le comte sur le ton de la flatterie.

– C'est-à-dire que d'autres distractions vous attendent ailleurs, rectifia le roi avec un clin d'œil. (Le comte ne répondit pas et il ajouta :) Lady Sydel m'a demandé d'intercéder en sa faveur. D'après ce que j'ai pu comprendre, elle implore votre pardon.

– Je regrette, sire, que nous n'ayons pas eu l'occasion d'en parler en tête à tête.

Le roi gloussa.

– Encore vos vieilles histoires, Valient? Aucune femme n'aime être une « ex ».

Peut-être le roi se rappelait-il les plaintes amères qu'il avait subies de Mrs Fitzherbert quand il lui avait préféré lady Hertford?

– Je sais que je peux compter sur votre compréhension, sire, reprit le comte, et sur votre vaste connaissance des caprices féminins.

Ces dernières paroles mirent le souverain en joie.

– Je ne comprends que trop bien, Valient, mais, si vous voulez mon avis, vous devriez vous mettre rapidement à l'abri avant que la meute ne se jette à vos trousses.

Enchanté de sa propre plaisanterie, il donna une grande claque dans le dos du comte et regagna ses appartements, ce qui permit à son invité de dévaler les escaliers, de héler son phaéton et de quitter le château avant que quiconque eût remarqué sa disparition.

Sur le chemin du retour, le comte prit la décision de revoir Demelza. Tout en elle l'intriguait; il n'avait jamais rencontré une femme d'une beauté si pure et si inhabituelle. Et si, à la lumière du jour, elle se révélait différente, si elle allait le décevoir? Se pouvait-il que ses yeux fussent couleur de pensée, comme il en avait eu l'impression, la nuit précédente? Possédait-elle vraiment cette grâce qui la rendait unique? Il se rappelait la douceur de sa peau, quand elle avait pris sa main et la façon dont elle l'avait pansé, sans même se rendre compte qu'il était assis sur son lit et qu'ils se trouvaient seuls dans la chambre. Aucune autre femme de sa connaissance ne se serait conduite ainsi, dans les mêmes circonstances.

« C'est encore une enfant », se dit-il. Il y avait pourtant une féminité naissante dans les courbes charmantes de son corps et elle avait fait preuve d'une intelligence supérieure à celle des jeunes filles de son âge.

« Je la reverrai, se jura-t-il, même si je dois être déçu. » Mais son cynisme n'était qu'une défense. Il était conscient que ce n'était pas seulement Demelza qui l'intriguait : il y avait aussi le manoir, si beau et si mystérieux, l'escalier secret et la façon dont la jeune fille avait sauvé Crusader.

– Elle doit m'attendre ce soir, dit-il à voix haute.

Ne lui avait-il pas dit que, si Crusader gagnait, cette victoire serait la sienne?

Il arriva un peu après dix heures et, peu désireux de paraître à la réception donnée par ses amis, il évita l'entrée principale et se dirigea directement vers les écuries. Les lads arrivèrent en courant et saisirent les chevaux au mors. Il descendit de voiture et s'attarda un instant pour féliciter à nouveau Baxter de cette excellente journée, puis il pénétra dans la maison par la porte latérale qu'il avait utilisée, la nuit précédente. Dans le couloir, il entendit des éclats de voix et des rires qui provenaient de la salle à manger : la fête battait son plein et on devait faire honneur au porto.

Il gravit rapidement l'escalier de service qui menait à sa chambre. Dawson, qui ne l'attendait pas si tôt, devait être en bas en train de dîner.

En effet, les bougies n'étaient pas allumées. Le ciel rougeoyait encore des derniers feux du soleil qui s'était couché derrière le château dans une débauche de lumière dorée. Les étoiles apparaissaient timidement et l'on pouvait apercevoir un vague rayon de lune. Bientôt, le manoir baignerait dans une clarté d'argent, qui ajouterait encore à sa magie.

Le comte resta un moment dans sa chambre à humer le parfum des roses, à en chercher un autre : celui du chèvrefeuille qui lui dirait si Demelza était venue, dans la journée, si comme les autres, elle avait voulu voir l'endroit où il dormait et toucher ses objets familiers. Mais il n'y avait aucun soupçon de chèvrefeuille et le comte en fut un peu désappointé. Il ferma doucement la porte et se dirigea vers la cheminée; comme la nuit précédente, il tâtonna le long des boiseries à la recherche du bouton qui ouvrait le passage secret. Il le trouva et appuya. Mais rien ne se produisit. Pensant qu'il avait commis une erreur, il répéta son geste, mais le panneau de chêne ne bougea pas. Il resta un moment interloqué puis il découvrit qu'on avait bloqué la porte. Aussi loin que remontât sa mémoire, le comte n'avait pas souvenir qu'une femme lui eût fermé sa porte. Il était plutôt habitué au contraire : on lui ouvrait les portes avant même qu'il eût besoin de frapper et on se précipitait dans ses bras sans se faire prier.

Perplexe et incrédule, le comte contemplait le panneau. Cette porte condamnée lui sembla un défi. Et il relevait toujours les défis. Mais, en même temps, il se demanda, avec un sentiment d'impuissance, ce qu'il pouvait faire. Il y avait peu de chances que Demelza l'entendît, s'il se mettait à frapper au panneau. Il sentit le désespoir le gagner, persuadé que seul l'escalier secret permettait d'accéder à la chambre des prêtres. Il se souvint alors que la jeune fille avait avoué l'avoir observé depuis la galerie des Ménestrels. Il y avait donc un accès à cet endroit, mais il s'imaginait mal en train d'errer sur la galerie et risquer ainsi de révéler sa présence aux invités qui dînaient juste en dessous. Il se rendait compte qu'il avait eu de la chance, la veille, que la présence de Demelza lui ait fait penser à un passage secret. Le labyrinthe de couloirs et l'emplacement des accès avaient été conçus pour sauver des vies humaines et il était impossible de découvrir les cachettes, à moins que quelqu'un n'en trahît l'existence. Il pourrait passer des heures, voire des journées entières à chercher une autre entrée puisque tous les murs ou presque étaient lambrissés.

« Que faire? » se demandait-il. Que Demelza se dérobât avait considérablement accru son désir de la retrouver.

– Je dois la voir! Je la verrai! s'exclama-t-il.

Et il se fit le serment qu'il gagnerait cette bataille. Absorbé par la résolution du problème qui l'obsédait, il ouvrit machinalement la porte de sa chambre et s'engagea lentement dans le couloir. Il essayait de reconstituer le plan de la maison et de deviner quels murs étaient susceptibles de dissimuler un passage secret. Il tentait en même temps de situer l'emplacement de l'escalier qui, la veille, l'avait conduit en haut de la maison. Il avait vu Demelza pour la première fois dans la grande galerie située au cœur du manoir. Il avait l'impression de piétiner dans ses déductions quand, parvenu au petit couloir situé derrière l'escalier, il distingua quelqu'un qui portait un plateau. Il reconnut Nattie et conclut que, pour venir des cuisines, elle avait dû emprunter un troisième escalier. Nattie bifurqua sur la gauche et s'éloigna. Tous les sens en éveil, le comte la suivit à distance raisonnable en longeant le mur du couloir. Les bougies n'étaient pas encore allumées et il faisait très sombre. Aussi craignit-il de perdre Nattie de vue comme il avait perdu de vue la Dame Blanche dans la grande galerie. La vieille femme s'arrêta et, tenant son plateau en équilibre sur une seule main, elle ouvrit une porte derrière laquelle elle disparut après l'avoir repoussée de la jambe. Le comte força le pas. La porte était restée entrebâillée et il eut le temps d'apercevoir la nourrice qui passait à travers un panneau, de l'autre côté de la pièce. Les rideaux étaient ouverts et la lumière était suffisante pour distinguer les housses de toile écrue qui protégeaient le lit, les chaises et la coiffeuse : c'était une chambre inoccupée. Décidément, la chance souriait au comte : embarrassée par son plateau, Nattie n'avait pas refermé le passage derrière elle. Le comte traversa rapidement la pièce. Il entendait le pas lourd de Nattie qui montait l'escalier. Il attendit quelques instants avant de se glisser furtivement dans le passage obscur. Il descendit quelques marches et se cacha en attendant le retour de la nourrice. Un vague murmure parvint jusqu'à lui. Appuyé contre le mur dans l'obscurité, il se dit alors que, cette fois encore, sa bonne étoile ne l'avait pas abandonné.

– Je suis désolée d'être en retard, ma chérie, dit Nattie en pénétrant dans la chambre des prêtres.

– Je m'y attendais, répondit Demelza en se levant pour prendre le plateau.

– C'est toujours comme ça quand il y a un grand dîner avec plusieurs services, expliqua Nattie, les domestiques doivent attendre la fin du repas et vous aussi.

– Cela m'a mise en appétit, dit Demelza en souriant.

– J'ai essayé de choisir vos plats préférés.

– Cela a l'air délicieux! s'exclama Demelza, et, de toute façon, je ne ferai pas la difficile.

Elle était tellement excitée pendant les courses qu'elle n'avait pas touché aux sandwiches ni aux petits gâteaux préparés par Nattie, ni même au flan savoureux que Betsy avait chapardé à la cuisine pendant que le cuisinier avait le dos tourné. Demelza ne pouvait penser qu'à Crusader et prier pour qu'il battît Sir Huldibrand, tout en s'avouant que le cheval de Mr Ramsbottom méritait aussi de l'emporter.

Quand Crusader avait franchi la ligne d'arrivée, une immense clameur avait salué la victoire et Demelza avait senti des larmes de joie lui picoter les yeux. Si elle n'avait pas déjoué le complot ourdi contre lui, le cheval serait, à l'heure présente, couché sur le flanc dans son box, et sir Francis qui avait misé sur Sir Huldibrand serait en possession d'une fortune acquise frauduleusement.

– Il s'est passé quelque chose d'étrange, la nuit dernière, miss, avait dit Nattie le matin même.

– Quoi donc? avait demandé la jeune fille.

– Deux hommes ont tenté de droguer Crusader, mais Sa Seigneurie les a entendus et, d'après Abbot, les a étendus raides, comme un vrai boxeur professionnel.

– Mais c'est terrible! Et une chose pareille s'est passée dans nos écuries! s'était exclamée Demelza.

– Scandaleux! renchérit Nattie. Les coupables ont été remis à la police et l'un des invités de Sa Seigneurie a prestement fait ses bagages.

– Lequel? avait demandé la jeune fille, qui était censée faire preuve de curiosité.

– Sir Francis Wigdon. On a du mal à imaginer qu'un gentilhomme, ami de Sa Seigneurie pardessus le marché, puisse être mêlé à un tel scandale.

– C'est vrai, avait murmuré Demelza.

Pendant le trajet jusqu'au champ de courses, Abbot ne parla que de cela.

– C'est d' ma faute, miss. Y a belle lurette que j'aurais dû réparer c'te serrure sur la porte de l'écurie, mais d'habitude, y a rien d'dans qui peut attirer les bandits.

– A l'avenir, nous devrons être plus prudents, Abbot, avait répondu la jeune fille. Et si quelqu'un voulait empêcher Firebird de courir samedi?

– Pour ça, y faudra plutôt m' passer sur l' corps, avait juré Abbot. (Puis il s'était mis à glousser :) C'est bien d' Sa Seigneurie d'avoir eu comme qui dirait l'instinct d' sauver Crusader.

– Etait-ce de l'instinct? avait demandé Demelza.

– Pour sûr. C'est Dawson, son valet, qui m' l'a dit.

Demelza avait souri intérieurement : ainsi, le comte avait utilisé sa suggestion...

– Sa Seigneurie doit être très riche, avait alors déclaré Nattie.

– Ouais, seulement d' puis sa majorité, avait expliqué Abbot, pa'ce que Dawson, y m'a dit que l' vieux comte, c'était un vrai tyran et qu' son fils, l'en a souffert comme les autres.

– Un tyran? avait demandé Demelza très intéressée. Comment cela?

– Dawson dit qu'y f'sait trembler tout l' monde, avec ses colères et que lui pas plus qu' sa dame, y n' s'occupaient du petit.

– Ils le négligeaient?

– Y f'saient comme si qu'y n'existait pas. C'est pas comme vous, miss, qu'avez eu d' la chance d'avoir un papa et une maman qui vous aimaient drôlement. C'est pas souvent l' cas dans la haute!

– C'est assez juste, approuva Nattie. Ils les mettent entre les mains de domestiques ignares et négligents et on m'a même parlé de cas où de pauvres petites créatures sont presque mortes de faim.

Demelza avait gardé le silence. Il semblait extraordinaire que le comte, dont l'immense fortune suscitait l'envie de ses contemporains, et qui passait pour l'un des hommes les plus comblés du moment, eût été malheureux dans son enfance. Quoi qu'il en soit, la jeune fille était certaine qu'étant fils unique, il devait souvent se sentir seul. Qu'aurait été sa vie, si elle n'avait pas eu des parents aimants? Elle ne parvenait pas à l'imaginer.

Mais, malgré ce qu'elle ressentait à son égard, malgré sa compassion pour son enfance malheureuse et la tragédie de son mariage, elle savait qu'elle ne devait pas le revoir. Le concours de circonstances qui l'avait amenée à soustraire le comte à la vengeance de lady Sydel, puis à protéger Crusader, était tellement exceptionnel qu'il justifiait sa désobéissance aux ordres de Gérard et le non-respect de la parole donnée.

Et, en pensant à sa mère, elle savait qu'elle avait raison de se refuser à revoir le comte. C'est pourquoi, en rentrant des courses, elle avait tiré le verrou de la porte dérobée qui donnait dans la chambre de maître. Puis elle était remontée quatre à quatre, fermement décidée à ne pas quitter sa chambre pour ne pas risquer de surprendre à nouveau une conversation qui ne lui était pas destinée. Mais elle ne pouvait, cependant, s'empêcher de penser au comte. Quand elle l'avait vu mener Crusader à la salle de pesage, après la course, elle trouva qu'à eux deux, ils formaient un couple qui n'avait pas son pareil dans tout le pays. Les ovations qui les accompagnaient l'avaient bouleversée. Même ceux qui avaient perdu de grosses sommes acclamaient sportivement le vainqueur, reconnaissant par là que la course s'était disputée brillamment et dans la plus pure tradition.

– Merci pour cet excellent dîner, dit Demelza à Nattie. (Elle posa sa fourchette et se versa un peu de limonade.) J'aimerais pouvoir dire au chef combien j'apprécie sa cuisine, ajouta-t-elle.

– Oui, mais vous ne pouvez pas; et pour être franche, miss, je serai contente quand vous pourrez quitter ce trou étouffant pour retrouver votre chambre.

– Il faudra attendre le départ de Sa Seigneurie et de ses invités, dit Demelza à voix basse.

– C'est vrai! approuva Nattie. J'ai l'impression qu'ils sont ici depuis un mois!

– Cela te donne beaucoup de travail supplémentaire?

– Ce n'est pas le travail qui me fait peur, c'est surtout de devoir toujours faire attention de ne pas vous trahir. La vieille Betsy a failli manger le morceau, ce matin. Quand elle a vu mon regard, elle s'est reprise mais il était moins une.

– Ça ne fait rien, Nattie. Il n'y en a plus que pour deux jours, dit Demelza.

Sa propre voix lui parut avoir sonné lugubrement.

Comment pourrait-elle retrouver sa tranquillité après le départ du comte et de ses chevaux? Comment pourrait-elle désormais se contenter de la vie paisible et casanière qu'elle avait connue jusqu'à présent?

– Il faut que je me sauve, dit Nattie, ne passez pas la nuit à lire. Si vous voulez mon avis, vous avez eu assez d'émotions pour aujourd'hui.

– C'est vrai que c'était bien passionnant! Bonne nuit, Nattie chérie!

Elle déposa un baiser sur la joue de sa nourrice et saisit une bougie pour raccompagner la vieille femme et éclairer l'escalier jusqu'à ce qu'elle entendît Nattie refermer la porte dérobée. Puis elle posa la chandelle sur l'autel et fixa l'image sainte qu'elle connaissait depuis toujours.

– Merci, mon Dieu, dit-elle, merci de lui avoir donné la victoire.

Elle ne doutait pas un instant que ce fussent ses prières qui avaient non seulement sauvé Crusader mais lui avaient permis de gagner. Sa mère disait toujours qu'il fallait rendre grâce, quand on avait été exaucé.

– Merci! merci! répéta Demelza.

Crusader n'était pas seul dans ses pensées : à côté de lui marchait le comte, un sourire aux lèvres, brandissant son chapeau pour répondre aux acclamations. Sa vision était si réelle que la jeune fille ne fut pas surprise de le voir apparaître dans l'encadrement de la porte quand elle tourna instinctivement la tête. Cela ne pouvait être autrement.

Ils se regardèrent un long moment. Comme s'ils s'étaient quittés depuis des siècles.

– Pourquoi m'avez-vous condamné votre porte? demanda enfin le comte presque machinalement, comme s'il pensait à autre chose.

– Comment avez-vous réussi... à venir jusqu'ici?

– J'ai suivi votre nourrice, elle avait laissé le panneau entrouvert.

– Elle serait horrifiée, si elle vous savait ici.

– J'ai à vous parler. Il faut que je vous parle!

Demelza fut interloquée par l'insistance qui perçait dans sa voix. Prévenant un éventuel refus, le comte reprit :

– Je comprends que vous trouviez inconvenant de parler ici, mais où pouvons-nous aller?

Elle ne saisit pas immédiatement le sens de ses paroles puis, soudain, elle s'empourpra : la chambre des prêtres était sa chambre à coucher!

– Je... je n'y avais pas pensé... balbutia-t-elle, un peu confuse. Mais il n'y a pas d'autre endroit. (Puis, après une pause, elle ajouta :) Nous pourrions nous retrouver dans le petit jardin... On ne me verra pas... quitter la maison.

– Personne ne sait que je suis rentré, dit le comte. J'y vais immédiatement. (Il plongea dans les yeux levés vers lui.) Vous viendrez? Ce n'est pas une ruse pour vous débarrasser de moi?

– Non... Bien sûr que non... Je viendrai... si vous le souhaitez vraiment.

– Plus que je ne saurais le dire. Il faut que je vous parle.

Son ton était autoritaire et il savait qu'elle y serait sensible.

– Je viendrai, dit-elle simplement. Mais vous devez d'abord repartir par où vous êtes venu.

– Comment trouverai-je le bouton de commande?

– Prenez la bougie, vous y verrez assez clair.

Elle lui tendit le chandelier et il rebroussa chemin sans ajouter un mot. Ainsi que Demelza le lui avait affirmé, le bouton qui était invisible de l'autre côté de la porte était très facile à repérer quand on venait de l'escalier.

Le comte abandonna le chandelier sur une marche puis pénétra dans la chambre en prenant soin de refermer derrière lui la porte dérobée. Les lieux étaient déserts et il reprit le petit escalier qui débouchait près des écuries. Il longea la maison et atteignit le jardin, malgré la profonde obscurité qui régnait. Demelza devait s'attendre à le trouver sous la tonnelle. Le chèvrefeuille embaumait et il eut l'impression que la jeune fille était déjà là. Il s'assit sur le banc en bois. Jamais intrigue amoureuse n'avait commencé pour lui de si étrange façon. Il était surpris de l'exaltation qui le gagnait et faisait battre son cœur. On eût dit un gamin de dix-huit ans à son premier rendez-vous bien plutôt qu'un *blasé* (1) cynique qui avait fait le tour – jusqu'au dégoût – de toutes les joies que peut offrir l'amour. Du moins l'avait-il cru jusqu'à cet instant. L'idée le traversa soudain qu'après tout, Demelza pouvait fort bien ne pas venir et qu'il ne retrouverait jamais l'entrée du passage secret. Mais il se rassura : elle avait l'air si pure, si loyale qu'il était impossible qu'elle mentît. Elle avait dit qu'elle viendrait : elle tiendrait parole. Le comte songeait que l'atmosphère de spiritualité qui auréolait Demelza s'accordait harmonieusement avec la chambre qu'elle occupait, une chambre bénie par tous les prêtres qui y avaient officié.

Mais elle n'arrivait toujours pas et il commença à s'inquiéter. Peut-être n'avait-elle pas voulu courir le risque de quitter sa cachette? Et si elle avait été surprise en train de se faufiler par une porte dérobée? Tout à coup, il l'aperçut.

Elle s'avançait vers lui, silencieuse et légère, aussi irréelle que le fantôme de sa première vision. Quand enfin, elle fut près de lui, il se leva.

– Je suis désolée de vous avoir fait attendre, s'excusa-t-elle. Les broussailles sont tellement épaisses près de la porte secrète que j'ai eu du mal à passer.

– Mais vous êtes là. Vous ne pouvez savoir à quel point je désirais vous parler, Demelza.

– Je tenais à vous dire combien je suis heureuse que Crusader ait gagné, reprit-elle, mais je pense que vous le saviez déjà.

– C'est uniquement grâce à vous, et nous vous en sommes infiniment reconnaissants, Crusader et moi!

– C'est la plus belle course que j'aie jamais vue.

(1) En français dans le texte.

– C'est aussi mon avis, approuva le comte, et je l'ai suivie avec d'autant plus d'intérêt que je savais que vous y assistiez.

Demelza leva les yeux vers le comte, étonnée qu'il eût ressenti la même chose qu'elle. Puis, un peu confuse, elle détourna son regard.

– Je voudrais vous offrir quelque chose, en souvenir de notre victoire, dit le comte, mais je ne sais pas quoi.

– Non! répondit-elle rapidement. Il... ne faut pas.

– Et pourquoi?

– Parce que je... devrais expliquer... d'où me vient ce présent... et vous savez... que cela est impossible.

– Combien de temps devrons-nous nous dissimuler ainsi? reprit-il après un silence. Vous savez comme moi, Demelza, que les circonstances qui nous ont réunis ont fait de nous plus que de simples connaissances. (Il attendit une réponse, qui ne vint pas, et il poursuivit :) Pensez-vous réellement que samedi, après les courses, ou dimanche, je pourrai quitter le manoir en oubliant tout ce qui s'y est passé? (Demelza ne répondait toujours pas.) Pourrez-vous m'oublier, Demelza, en sachant que moi, je ne le pourrai pas?

– Jamais... je ne vous oublierai... dit-elle enfin à voix basse. Je... prierai pour vous.

– Et vous pensez que cela me suffira? Je veux vous voir, je veux être près de vous, Demelza, et, pour être honnête, le salut de mon âme m'importe moins qu'un baiser de vous, déclara-t-il d'une voix vibrante. Je ne me souviens pas avoir jamais demandé à une femme la permission de l'embrasser. Mais je crains de vous effaroucher, j'ai peur que vous ne disparaissiez, j'ai peur de ne plus jamais revoir ma Dame Blanche. (Sa voix se fit alors plus grave.) Puis-je vous embrasser, mon adorable petit fantôme?

Il tendit les bras vers elle. Mais Demelza ne bougea pas et il suspendit son geste.

– Je crois... que si vous m'embrassiez, murmura-t-elle, ce serait merveilleux... merveilleux... Mais ce ne serait pas... bien.

– Pas bien? s'étonna le comte.

– On m'a dit aujourd'hui... expliqua Demelza hésitante, combien vous aviez souffert durant votre enfance... et j'ai si souvent pensé au malheur de votre mariage, mais, bien que je sois prête à faire... tout ce que vous me demanderez... ce serait mal... car vous appartenez... à une autre.

– Voulez-vous dire que j'appartiens à ma femme? demanda le comte, incrédule.

– Vous êtes marié. C'est un lien sacré, reprit Demelza d'une toute petite voix.

– Mais aucun être humain ne pourrait se sentir lié de la sorte dans de telles circonstances, répliqua le comte avec brusquerie.

– Je sais... je comprends. Mais j'aurais l'impression... de mal agir... et cela gâcherait l'amour... qu'autrement je pourrais vous porter.

Le comte était très calme. Il ne parvenait pas à croire qu'il avait réellement entendu ces paroles. Et, pourtant, il aurait dû s'attendre à sa réaction puisqu'il la pensait si différente des femmes qu'il avait connues.

– Que savez-vous de l'amour? demanda-t-il soudain. De l'amour que vous auriez pu m'offrir si cela ne vous était pas interdit? Dites-le-moi.

C'était un ordre. Demelza joignit les mains et les serra, le regard perdu, au delà du jardin.

– J'ai réfléchi sur... l'amour et vous pouvez me trouver stupide et ignorante... je pense que c'est ce qui vous manque dans votre vie.

– Croyez-vous vraiment que je manque d'amour? demanda le comte avec un évident cynisme.

Demelza eut un geste expressif de la main.

– Encore une fois, vous pouvez me trouver stupide mais je pense qu'il y a différentes sortes d'amour... et celui que vous avez connu... c'est-à-dire celui que vous ont donné les belles dames comme celle qui a voulu vous droguer, n'est pas le même que...

La voix de Demelza s'éteignit mais le comte devina que sa timidité l'avait empêchée d'ajouter : « le mien ».

– Parlez-moi de votre amour, dit-il avec douceur, de l'amour que vous offrirez à l'homme qui saura conquérir votre cœur.

– Je sais, commença Demelza tendrement, que si j'aimais beaucoup... quelqu'un... je ne voudrais jamais... le faire souffrir. Au contraire, je voudrais le protéger contre toute forme de souffrance... pas seulement physique... mais aussi morale.

– Une espèce d'amour maternel, en somme, compléta le comte dans un murmure.

– Mais il y aurait aussi mon amour pour... l'homme que j'épouserais, poursuivit-elle, et cet amour... je crois... est un don de Dieu qui... a créé tout ce qui est beau, tout ce qui s'élève et... fait partie de la création.

Elle lui jeta un coup d'œil anxieux, s'attendant à le voir sourire cyniquement de ses propos maladroits.

– Enfin, je pense que si j'étais amoureuse, continua-t-elle avec nervosité, je voudrais apprendre...

non seulement l'amour mais tout ce qu'un homme... comme vous... pourrait m'enseigner... vous avez tant d'expérience... que, naturellement, votre horizon est plus vaste... que celui de la femme qui vous... aimerait.

– Serait-il possible, répondit le comte après un instant de réflexion, de trouver l'amour d'une mère, d'une femme et d'un enfant chez une seule personne?

– Si cette personne vous aime vraiment... du seul amour qui compte... alors, je crois que c'est possible. (Elle le regarda soudain.) Ce serait comme... la quête de la Toison d'Or... du Saint Graal... des Portes du Paradis... Mais ce serait l'amour promis à l'origine aux hommes dans le jardin d'Eden.

Très ému, le comte prit une profonde inspiration.

– Et comme l'ange du Jardin, armé d'une épée de feu, vous me chassez.

Il devina, plus qu'il ne la vit, la souffrance dans ses yeux, et, en remarquant comme elle contractait ses doigts entremêlés, il comprit à quel point il l'avait blessée.

– Ce n'est pas... ce que je veux! s'écria-t-elle. Mais que puis-je faire d'autre?

– Comment pouvez-vous être si cruelle? Comment pouvez-vous me refuser ce que vous savez m'appartenir déjà? (Elle ne répondit pas.) Regardez-moi, Demelza!

Docile, elle leva la tête. Les premiers rayons argentés de la lune éclairaient son visage. Dans la profondeur de son regard violet, il put lire à la fois le trouble, la confiance et l'innocence. Puis ses yeux s'attardèrent sur la douceur des lèvres entrouvertes; et il comprit tout à coup que le temps pour eux ne signifiait plus rien. La quête de toute sa vie prenait fin ici.

Le visage de Demelza était radieux : elle sentait, comme le comte lui-même, qu'ils s'étaient rencontrés pour l'éternité et qu'ils ne formaient qu'un seul être. Leurs cœurs et, plus profondément encore, leurs âmes étaient à l'unisson. Il y avait tant de beauté, tant de transcendance divine dans cet instant unique qu'une lumière intérieure émanait d'eux, plus réelle que la clarté de la lune.

– Vous m'aimez, dit le comte d'une voix rauque, vous m'aimez, mon adorable petit fantôme, et vous êtes à moi!

Il percevait les ondes qui les enveloppaient et il crut qu'elle allait fléchir.

– Oui, je vous aime! dit-elle. Je vous aime de cette façon que j'ai maladroitement essayé de vous décrire. Mais, après ce soir, il me sera impossible de vous revoir.

– Comment pouvez-vous croire que je vous laisserai sortir de ma vie? demanda-t-il avec emportement. Ou plutôt que j'accepterai que vous vous refusiez à moi? (Elle ne répondit pas et il poursuivit :) Vous le savez aussi bien que moi : ce qui nous est arrivé est si rare, si parfait que je me demande si nous ne sommes pas le jouet de nos imaginations... s'il ne s'agit pas d'une illusion née de l'atmosphère mystérieuse de ce manoir.

– Je ne... peux pas... faire autrement, murmura Demelza, je n'y peux rien.

– C'est faux, dit le comte, et je veux vous persuader que nous nous aimons.

Il ouvrit alors les bras d'un geste impulsif, comme s'il voulait forcer le maléfice qui le retenait, malgré lui, de la toucher. Tout à coup, ils sentirent tous deux une présence dans le jardin : quelqu'un venait de franchir la brèche du mur et scrutait la nuit.

– Gérard! chuchota Demelza.

– Ne bougez pas, dit le comte très bas, laissez-moi faire.

Il se leva sans hâte et se dressa de toute sa taille de façon à dissimuler Demelza.

– Je vous trouve enfin, milord! s'exclama Gérard. Les domestiques m'ont dit que vous étiez rentré et qu'ils vous avaient vu dans le jardin. Je me demandais pourquoi vous ne veniez pas nous rejoindre.

Le comte s'avança vers lui.

– Il fait chaud et je suis un peu fatigué après tous les bavardages du château, expliqua-t-il.

– Si vous préférez rester seul, je ne voudrais pas... commença Gérard.

– Mais non, voyons, je suis enchanté de vous voir, l'interrompit le comte. Rentrons ensemble, j'avais justement l'intention de vous parler. Si vous avez besoin d'argent, il y a deux tableaux dans la maison qui auraient sûrement beaucoup de succès dans une vente aux enchères.

– Vraiment? demanda Gérard avec avidité. Je n'aurais jamais pensé que quelque chose pût avoir de la valeur dans cette maison!

– Ils ont besoin d'un bon nettoyage, poursuivit le comte, il se trouve que je suis un spécialiste de Rubens et je suis prêt à parier que la toile accrochée au sommet de l'escalier est une de ses œuvres de jeunesse.

– Et l'autre? demanda Gérard.

– Dans un recoin mal éclairé de la bibliothèque, je suis sûr que c'est un authentique petit Perugino.

– C'est fantastique!

Demelza entendit la voix exaltée de son frère puis les deux hommes disparurent de l'autre côté du jardin. Si le comte ne s'était pas trompé, Gérard pourrait enfin posséder les chevaux dont il rêvait et mener la vie qui lui plaisait, peut-être même consacrerait-il un peu d'argent à la restauration du manoir?

Mais cela ne changerait rien à sa situation vis-à-vis du comte. C'était exact : elle l'aimait. Elle l'aimait de tout son cœur et elle savait déjà qu'elle regretterait toujours de ne pas l'avoir autorisé à l'embrasser. Elle ne pouvait imaginer félicité plus grande que sentir ses bras l'enlacer et ses lèvres sur les siennes.

Mais c'eût été un péché. Elle se leva et cueillit un brin de chèvrefeuille sur la tonnelle. Elle le serrerait dans sa Bible et il resterait peut-être son seul souvenir, celui du jour où son cœur avait cessé de lui appartenir. Demelza porta le chèvrefeuille à ses lèvres. Puis elle eut un regard vers la maison, espérant distinguer encore la voix du comte. Mais elle ne perçut que le profond silence, déchiré seulement par le cri aigu d'une chauve-souris.

– Adieu... mon héros... mon seul amour! murmura-t-elle.

Et sa voix se brisa.

6

– Ascot vous a été très favorable, milord! déclara Gérard alors que le comte tentait de se frayer un chemin vers ses chevaux dans la cohue aux abords du champ de courses.

Comme il ne répondait pas, Gérard poursuivit avec une pointe d'envie :

– Trois victoires dont la Gold Cup, c'est plus qu'un propriétaire ne pouvait souhaiter.

– La course dans laquelle votre cheval était engagé a été l'une des plus intéressantes, répondit le comte, désireux de le réconforter.

– Je ne peux pas dire qu'elle m'ait entièrement satisfait, répondit Gérard, puisque nous sommes ex aequo. (Après une pause, il ajouta :) Ce qui veut dire qu'on a dû partager le prix et les gains.

– Vous ferez sûrement mieux l'an prochain, dit le comte distraitement, l'esprit visiblement ailleurs.

Plusieurs de ses amis avaient été surpris par son manque d'enthousiasme quand l'un de ses chevaux l'avait emporté, dans la première course, avec une longueur et demie d'avance. En effet, le comte avait éprouvé, tout au long de la journée, un sentiment aigu de frustration et avait été incapable de se concentrer sur quoi que ce fût. Il ne parvenait pas à croire que Demelza était sincère, jeudi soir, quand elle lui avait déclaré son intention de ne plus jamais le revoir. Le lendemain, le comte était rentré en toute hâte, après les courses. Il était exalté par la certitude que la jeune fille l'attendait dans le jardin, après le dîner. A la surprise générale, il avait insisté pour que le repas fût servi de bonne heure puis il avait astucieusement organisé une partie de cartes à laquelle il était le seul à ne pas participer. Il eut ainsi le loisir de flâner, d'un air faussement dégagé, dans le jardin.

Assis sous la tonnelle de chèvrefeuille, il avait attendu patiemment. En vain. Il avait dû se rendre à l'évidence : Demelza ne viendrait pas le rejoindre. Alors, pour la première fois, il avait eu peur. Il ne nourrissait guère d'illusions sur ses chances de retrouver le passage secret et, en allant se coucher, il s'était demandé avec désespoir comment il pourrait désormais entrer en contact avec elle. Il savait que la jeune fille considérait leur rencontre comme une trahison impardonnable à l'égard de Gérard et de Nattie. Mais avait-il le choix? Vendredi, il s'était avéré impossible de reconnaître qui que ce fût parmi la foule. Si Demelza voulait vraiment se dissimuler à ses regards, il serait aussi difficile de la retrouver que chercher une aiguille dans une meule de foin. Pour comble de malheur, le nombre d'équipages et de voitures semblait avoir grossi depuis le début de la semaine. Que faire? Que faire? se répétait-il. Pour la première fois de sa vie, sa chance l'abandonnait et sa connaissance des femmes ne lui était d'aucun secours. Jusqu'alors, le comte avait toujours obtenu avec une décourageante facilité des rendez-vous avec les femmes qu'il convoitait. Que la seule à laquelle il eût déclaré son amour se dérobât se révélait une expérience nouvelle et désagréable. Toutes les femmes qu'il poursuivait de ses assiduités cédaient, tôt ou tard, mais Demelza était différente. Si différente, songeait-il en rentrant au manoir, qu'il était angoissé à l'idée de partir et de ne plus jamais la revoir. Dans la matinée, il avait été persuadé qu'il la trouverait au paddock, avant la deuxième course, que Firebird devait disputer. Il avait aperçu Abbot, avait bavardé avec le vieux palefrenier et avait souhaité bonne chance à Jem. Mais il avait eu beau chercher, point de regard couleur de pensée, pas de petit visage pointu. La nuit précédente, après sa vaine attente sous la tonnelle, il s'était amèrement reproché sa stupidité. Comment être sûr qu'il n'avait pas été abusé par le mystère du manoir, que les passages secrets et l'apparence surnaturelle de la jeune fille n'avaient pas contribué à la rendre plus belle et plus désirable qu'elle ne l'était en réalité?

Il comprit alors que ces doutes trahissaient ses sentiments. Demelza était la première femme qui comptât autant pour lui et, dût-il y consacrer sa vie entière, il fallait qu'il la retrouve.

La savoir si proche et, cependant, hors d'atteinte, protégée par les sortilèges de cette forteresse inexpugnable, le mettait en rage. Elle eût aussi bien pu être perdue au fin fond de l'Ecosse ou dans la sauvage Cornouailles, alors qu'en réalité, seul un escalier secret les séparait. Même les chevaux avaient perdu de leur intérêt et il avait décidé de partir dès la fin de la troisième course. La foule était si dense, le dernier jour, qu'il devenait de plus en plus difficile de respecter les horaires et la quatrième course pouvait traîner au delà de six heures. Sans avoir prévenu ses amis, le comte avait regagné son phaéton d'un pas ferme, espérant que son départ passerait inaperçu. On n'avait pas vu le roi à Ascot depuis le jeudi mais, dans sa loge mise à la disposition de ses intimes, le champagne coulait aussi généreusement que s'il avait été présent. Le comte, quant à lui, n'avait rien pris depuis le déjeuner, soucieux de conserver toute sa lucidité pour la résolution d'un problème qui paraissait de plus en plus inextricable. Il s'apprêtait à monter en voiture quand la voix de Gérard retentit.

– Vous n'allez pas partir si tôt, milord?

Le jeune homme avait visiblement arrosé la demi-victoire de Firebird et son visage était écarlate. Le comte se dit que Demelza serait mécontente que son frère bût davantage. Il déclara finalement avec un tact inhabituel :

– Oui, je préfère partir avant la foule. Venez donc avec moi.

C'était une invitation flatteuse qu'il eût été délicat de décliner. Le comte passait, en effet, pour être difficile sur le choix de ses compagnons, particulièrement s'ils devaient l'accompagner en voiture ou à cheval. Aussi Gérard se trouva-t-il fort embarrassé.

– C'est... c'est un grand honneur, milord, bégaya-t-il enfin.

Il eut à peine le temps de grimper et Jem de sauter à l'arrière de la voiture, que le comte fouettait les chevaux.

Ils franchirent les grilles du champ de courses au moment où des paysans vêtus de blouses grossières commençaient à se colleter avec des voleurs à la mine patibulaire venus de la capitale.

Saluant au passage certains de ses amis qui, les

yeux ronds, regardaient passer la voiture, Gérard garda le silence jusqu'à ce qu'ils atteignent la route de Londres. Il risqua alors un coup d'œil vers le comte et fut frappé par l'expression lugubre de son visage.

Le comte se demandait en réalité comment aborder le sujet de Demelza. C'était un peu tard, alors qu'il était au manoir depuis le début de la semaine, pour demander aujourd'hui à Langston s'il avait une sœur. Il ne pouvait pas, non plus, déclarer tranquillement qu'il avait fait la connaissance de la jeune fille et qu'il aimerait bien la revoir. Mais, s'il se taisait, il devrait partir dans la soirée, comme ses amis, ou, au plus tard, le lendemain matin. Lord Chirn et lord Ramsgill ne repasseraient d'ailleurs pas au manoir, ils avaient déjà fait leurs adieux le matin même avant les courses; quant à l'honorable Ralph Mear, il ne réapparaîtrait que pour prendre ses bagages. Le comte s'attendait que Gérard lui demande s'il comptait partir avant le dîner et il s'avoua alors qu'il ignorait lui-même la réponse.

« Je dois absolument revoir Demelza », se dit-il.

Cependant, il avait la certitude que, même s'il la trahissait en demandant à Langston d'aller la chercher dans la chambre des prêtres, elle refuserait de venir.

« Que puis-je faire, mon Dieu? » implora-t-il en une manière de prière.

Soudain, il la vit. Elle était juste devant eux, tenant les rênes d'un vieux cabriolet. Il reconnut d'abord Nattie malgré le petit chapeau de paille noir qui dissimulait à demi son visage, avec son dos bien droit et la robe de coton gris au col et aux poignets blancs qu'elle portait toujours.

Et, assise à côté d'elle, une sylphide : Demelza, de

blanc vêtue et coiffée d'un petit bonnet démodé orné d'une guirlande de fleurs.

Le comte comprit immédiatement qu'il tenait l'occasion tant attendue; il lui suffirait de demander à son compagnon : « N'est-ce pas votre vieille nourrice, là devant nous? Qui est la jeune fille qui l'accompagne? »

Il se sentit soulagé, soudain : sa bonne étoile ne l'avait pas abandonné et il allait sortir du profond désespoir dans lequel il avait été plongé. Il lui sembla que le soleil s'était mis à briller. D'une pression des doigts sur les rênes, il ralentit pour éviter d'avoir à dépasser le cabriolet si la route venait à s'élargir.

Puis tout se passa très vite.

A la sortie d'un virage, une chaise de poste tirée par deux chevaux et conduite par un homme rubicond entre deux âges, manifestement ivre, arrivait à grande allure. La collision avec le cabriolet semblait inévitable. Dans un effort désespéré pour éviter l'accident, l'homme tenta de dévier la course de ses chevaux mais une roue de la voiture vint s'encastrer dans le cabriolet qui versa.

Contrôlant son propre attelage, le comte vit avec horreur la passagère en blanc éjectée du cabriolet qui rebondit sur le talus.

Tout s'était déroulé si rapidement qu'il n'y eut même pas un cri.

D'une main experte, le comte réussit à éviter la voiture dont les chevaux, freinés par les roues bloquées, ruaient et se cabraient. Puis, tandis que l'homme se mettait à vociférer, il tendit les rênes à Gérard Langston :

– Tenez-les, dit-il brièvement.

Il jaillit du phaéton et se précipita vers le cabriolet avant même que Gérard et Jem eussent compris ce qui venait de se passer. Demelza avait été projetée de l'autre côté du fossé broussailleux qui bordait la route. Le comte se pencha et la prit dans ses bras. Le bonnet de la jeune fille glissa et pendit à son cou, retenu par les rubans. Il contempla le petit visage, avec ses longs cils noirs sur ses joues pâles et il fut épouvanté, l'espace d'un instant, à l'idée qu'elle pût être morte. Il ressentit alors une douleur terrible, comme si on lui transperçait le corps avec une épée. Puis il vit son front meurtri et comprit qu'elle avait seulement perdu connaissance. Un genou en terre, il la berçait dans ses bras quand Nattie, tombée parmi les broussailles, se releva.

– Miss Demelza! s'écria-t-elle. Ma petite chérie, qu'avez-vous?

– Tout va bien, répondit le comte sur un ton apaisant, elle a dû tomber sur une pierre mais je pense qu'elle n'a rien de cassé.

Son chapeau noir de travers sur ses cheveux gris, Nattie fixait Demelza d'un air ahuri et, pour la première fois peut-être de sa vie, elle avait perdu toute son assurance. Derrière elle, Jem s'affairait autour du cabriolet.

Des personnes de bonne volonté surgies d'on ne sait où tentaient de débloquer les roues des véhicules accidentés. Le valet de l'homme rubicond avait repris le contrôle des bêtes et le vieux cheval qui tirait le cabriolet s'était remis sur ses jambes et broutait comme si de rien n'était.

Le comte transporta Demelza jusqu'à son phaéton, Nattie lui emboîta le pas derechef. Gérard, qui ne parvenait qu'à grand-peine à tenir les chevaux, se pencha et demanda d'une voix angoissée :

– Est-elle blessée? Ce type est fou de conduire aussi vite.

Le comte ne répondit pas et demanda à Nattie :

– Pourrez-vous monter?

– Je pense que oui, milord.

Elle réussit à se hisser à l'arrière.

Portant Demelza avec d'infinies précautions, le comte prit place sur le siège, à côté du conducteur.

– Elle n'est pas gravement atteinte, n'est-ce pas? demanda Gérard.

– Je pense qu'elle est simplement commotionnée. Dès que nous arriverons au manoir, il faudra appeler un médecin.

– J'ai bien envie de dire à cet imbécile ce que je pense de lui! dit Gérard en grinçant des dents.

Le comte partageait la colère de Langston, bien que cet ivrogne eût, malgré lui, résolu son problème. Il tenait enfin dans ses bras la jeune fille qui l'avait repoussé, convaincue qu'elle était que leur amour était péché!

Elle était dans ses bras comme un tout petit enfant, plus belle encore à la lumière du jour. Il dénoua très doucement les rubans de son bonnet. Puis il la serra sur son cœur et il lui sembla n'avoir jamais rien vu de plus beau que ses cheveux d'or blanc.

Il eut envie de crier : « Je vous aime! » mais il se retint et, d'un geste inconscient, il resserra son étreinte, sûr à présent que plus jamais il ne la laisserait lui échapper.

Jem avait dégagé la voie et on avait poussé le cabriolet sur le bord de la route; le cocher menait par la bride le vieux cheval que l'on avait dégagé des brancards.

La voiture avait, quant à elle, une roue voilée mais, avec un peu de chance, en conduisant lentement, elle pourrait atteindre le village où il se trouverait probablement un charron pour la réparer.

– Nous pouvons y aller, maintenant, dit le comte.

En fouettant les chevaux, Gérard se dit que jamais il n'avait pensé conduire un jour des bêtes aussi superbes et il espérait se montrer à la hauteur.

Le manoir était proche. Jem les suivait et prendrait un raccourci à travers bois. Le comte n'avait qu'une seule préoccupation : Demelza qu'il tenait dans ses bras comme il l'avait si ardemment désiré. Il ressentit soudain une telle envie de baiser ses lèvres qu'il en fut lui-même surpris.

Ils franchirent enfin les grilles rouillées du manoir.

– Pendant que je porte votre sœur en haut, je suggère que vous alliez au château de Windsor. Vous y trouverez le médecin de Sa Majesté. Dites de ma part à sir William Knighton que je lui demande de venir ici le plus rapidement possible.

Gérard lui lança un bref regard.

– Comment savez-vous que c'est ma sœur?

– J'avais compris que vous en aviez une, répondit évasivement le comte.

Gérard crut nécessaire de se justifier.

– Elle s'appelle Demelza. Elle ne pouvait pas prendre part à une réunion de célibataires.

– Bien sûr que non! approuva le comte.

– Vous voulez réellement que j'aille jusqu'à Windsor? demanda Gérard sur le ton d'un enfant qui se voit offrir un plaisir inespéré.

– Vous feriez bien d'emmener un domestique, répondit le comte. Jem doit déjà être arrivé, maintenant.

– Je vais l'attendre, déclara Gérard d'une voix qui eût amusé le comte, s'il n'eût été aussi inquiet pour Demelza.

Les laquais se précipitèrent pour aider le comte à descendre du phaéton mais celui-ci ne laissa à personne le soin de porter la jeune fille.

– Aidez miss Nattie, ordonna-t-il.

Un laquais obéit avec empressement. Le comte pénétra dans le hall avec Demelza toujours dans les bras.

– Il y a eu un accident, milord? demanda Domo.

Le comte négligea la question et attendit Nattie. Elle le rejoignit enfin, n'ayant d'yeux que pour Demelza.

– Montrez-moi la chambre de votre maîtresse.

Sans un mot superflu, Nattie précéda le comte dans l'escalier. Demelza était si fragile, si légère et son visage si pâle qu'elle aurait réellement pu être le fantôme qu'il avait imaginé. La meurtrissure, sur son front blanc, s'assombrissait mais son corps était tiède et souple. Il ne pouvait plus la perdre, à présent.

« Vous êtes à moi! Vous êtes à moi pour toujours », dit-il au plus profond de son cœur.

Si le comte avait passé un triste vendredi, la journée n'avait pas été meilleure pour Demelza.

Elle s'était réveillée très tôt, la tête douloureuse et les yeux gonflés par les larmes versées durant son sommeil. Agir selon sa conscience et dire au comte qu'elle ne le verrait plus jamais était une chose mais c'en était une autre de se retrouver seule, dans l'obscurité du passage secret. Elle comprit alors qu'en refusant cet amour, elle venait de se couper du monde.

– Je l'aime! Je l'aime! s'était-elle écriée devant l'image sainte au-dessus de l'autel.

Bien qu'elle sût que sa conduite était juste envers Dieu, son corps appelait le comte avec une intensité sans cesse plus douloureuse. Elle avait résisté, au prix d'un immense effort, à l'envie de descendre pour ouvrir la porte dérobée qui donnait dans la chambre de son père.

– Si je pouvais le voir une dernière fois! S'il pouvait m'embrasser avant de partir! J'aurais alors un souvenir, quelque chose que je conserverais dans mon cœur jusqu'à la fin de mes jours.

Elle tentait de transiger avec sa conscience mais elle savait que, si elle cédait à son impulsion, si elle se laissait enlacer par le comte, elle n'aurait plus la force de rien lui refuser. Jamais elle n'avait imaginé que l'amour pût être si violent, si cruel et elle avait l'impression d'être déchirée par cet amour interdit.

Comment tout cela était-il arrivé? Mais, malgré sa souffrance, elle ne regrettait rien. Le comte incarnait à ses yeux l'homme dont elle avait toujours rêvé et, même si elle ne devait jamais le revoir, elle savait qu'il serait toujours présent dans son cœur et que son image la poursuivrait. Aucun homme ne pouvait lui être comparé. Aucun homme ne pourrait, comme lui, la faire frémir, éveiller en elle une vie si intense et inconnue.

Elle avait longtemps pleuré sur cet amour qu'elle avait délibérément rendu inaccessible. Les larmes avaient rempli ses yeux, avaient roulé lentement le long de ses joues puis, brusquement, elle s'était jetée sur son lit et avait sangloté éperdument. Plus tard, dans la nuit, la pensée que le comte l'oublierait facilement l'avait obsédée. Il y avait dans sa vie tant de jolies femmes toutes prêtes à le consoler, comme lady Sydel ou lady Plymworth. Et, dans quelques semaines, moins peut-être, il aurait oublié le fantôme qui l'avait un moment intrigué.

« Mais moi, je ne l'oublierai jamais! s'était-elle dit en sanglotant. Je suis un fantôme amoureux et je serai hantée jusqu'à la fin de mes jours. » Epuisée par les larmes, elle avait fini par s'endormir sur l'idée consolante qu'elle pourrait encore voir le comte, si lui ne la voyait pas.

– Si vous voulez mon avis, avait déclaré Nattie, en lui apportant son petit déjeuner, cinq jours de courses, c'est trop. Vous semblez épuisée et sir Gérard se fait tellement de souci pour Firebird qu'il a demandé du brandy au petit déjeuner. Je ne sais pas ce que votre mère aurait dit... ça non, je ne sais pas.

Sans attendre la réponse de Demelza, elle avait redescendu l'escalier en hâte pour s'occuper de Gérard qui avait toujours été son préféré. La jeune fille, qui ne voulait pas que Nattie s'inquiétât, avait fait de son mieux pour effacer les traces de ses larmes. Quels que fussent ses sentiments à l'égard du comte, elle ne pouvait s'empêcher d'être inquiète pour Firebird. Après tout, c'était elle et Abbot qui l'avaient entraîné en le faisant tourner inlassablement dès l'aube autour du champ de courses par tous les temps et économisant sou par sou afin de le nourrir convenablement.

– C'est sir Gérard qui en tirera tout le bénéfice, s'il gagne, avait-elle dit une fois à Abbot, mais la gloire nous reviendra! Car c'est nous qui avons fait le plus dur.

– C'est bien vrai, miss, avait répondu Abbot. Et j' suis pas sûr que sir Gérard, y s' rend' compte jamais de c' que vous avez fait pour que ce ch'val soit en condition.

– Vous pensez vraiment qu'il est en possession de tous ses moyens? avait demandé Demelza une semaine avant la course.

– S'il l'est pas, c'est pas de vot' faute toujours! Ni d' la mienne. Mais vous faites pas d' souci. Avec un peu d' veine, y gagnera.

Au moment de monter dans le cabriolet avec Nattie, Demelza s'était souvenue de ces paroles. Abbot était avec Firebird et c'était un jeune palefrenier plutôt borné, engagé à peu de frais, qui conduisait les deux femmes.

– J'aime pas bien l'idée d' vous laisser avec Ben pour conduire, avait dit Abbot la veille, en rentrant des courses.

– Ben fera très bien l'affaire, avait répondu la jeune fille, ne vous inquiétez pas, Abbot, vous serez bien assez occupé avec Firebird.

– Dites-lui bien de rester dans le cabriolet. Qu'il n'aille pas se perdre dans la foule, avait dit Nattie d'un ton sec, il serait bien capable de nous oublier et de nous laisser nous débrouiller toutes seules.

– J' verrai à ce qu'y fasse c' qu'on lui a dit, avait promis Abbot.

En effet, Ben n'avait pas quitté le cabriolet de toute la journée. A la grande surprise de Nattie, Demelza, se doutant que le comte la chercherait, n'avait pas insisté pour aller au paddock avant la course.

– Je pensais que vous voudriez donner tout un

tas d'instructions de dernière minute à Jem, avait déclaré la nourrice.

– Jem est un bon jockey et, de toute façon, c'est trop tard.

En prononçant ces paroles, Demelza sentait que chaque parcelle de son corps l'attirait irrésistiblement vers le paddock, non à cause de Jem ou de Firebird mais pour voir le comte. Elle imagina la satisfaction de celui-ci quand l'un de ses chevaux l'emporta dans la première course, mais elle était sûre, également, qu'il était en train d'observer Firebird et, peut-être même, de souhaiter bonne chance à Gérard. Pour la première fois, le nom de son frère apparaissait sur le programme parmi les propriétaires, et elle aurait voulu être à ses côtés afin de partager sa fierté et son excitation.

« Il serait tellement heureux que Firebird gagne ! » avait-elle pensé. Puis l'angoisse l'avait saisie : et si le cheval échouait ? Gérard se retrouverait couvert de dettes qu'il ne pourrait honorer. Elle se souvint alors des mille guinées de loyer versées par le comte. Cet argent aurait été le bienvenu au manoir mais Demelza savait qu'à Londres, Gérard trouverait facilement le moyen de le dépenser. Elle avait laissé échapper un léger soupir.

– Ça ne sert à rien de vous tourmenter pour ce cheval, miss, avait déclaré Nattie. S'il doit gagner, il gagnera. Sinon, on ne peut rien y faire.

Un pâle sourire s'était dessiné sur les lèvres de la jeune fille.

– Tu trouves toujours les mots qu'il faut, ma Nattie chérie.

Et elle songea tristement qu'elle aurait grand besoin, désormais, de tout le réconfort que la vieille nourrice pourrait lui offrir. Elle aperçut le comte près de la loge royale, puis elle le vit se diriger vers le paddock. Et seul un effort de volonté surhumain l'avait retenue de traverser la piste en courant pour le rejoindre tandis qu'il bavardait avec Abbot. Debout dans le cabriolet, elle avait pu l'observer en train de flatter l'encolure de Firebird et d'encourager Jem. Puis, craignant qu'il ne la vît, elle se rassit en s'interdisant de regarder dans sa direction jusqu'au départ de la course. Elle fut déçue que Firebird arrivât ex aequo mais Le Barde avait mieux couru que prévu. Et, après tout, Gérard ne devait pas se sentir déshonoré car, pour sa première sortie, son cheval avait réussi une excellente performance. Nattie s'était montrée beaucoup plus enthousiaste que Demelza elle-même.

– Je pense que vous serez d'accord, miss, pour dire que cela valait la peine de rentrer gelée jusqu'aux os par le vent du nord ou trempée comme une soupe quand vous faisiez travailler le cheval sous la pluie battante.

– Oui, cela valait la peine, et Gérard doit être ravi. (Elle remarqua la satisfaction qui brillait dans l'œil de Nattie et elle ajouta :) Au moins, les courses lui auront profité, s'il a misé autant sur les chevaux de Sa Seigneurie que sur Firebird.

– Je lui ai répété je ne sais combien de fois qu'il ferait mieux de ne pas jouer du tout, avait déclaré Nattie.

Mais elle n'avait pas employé ce ton bougon que Gérard et Demelza connaissaient si bien.

Après la troisième course, Nattie annonça qu'il était temps de rentrer. Demelza chercha le comte du regard, en se disant que c'était la dernière fois qu'elle le verrait. Elle savait que déjà des invités avaient quitté le manoir le matin même, laissant à

Nattie un généreux pourboire. Demelza parcourut des yeux la loge royale et le petit paddock qui lui faisait face, tentant d'apercevoir, mais en vain, la belle et haute silhouette qui lui faisait battre le cœur. Et sa déception accrut encore son abattement. Ben se fraya à grand-peine un chemin parmi les voitures et contourna les baraques foraines pour gagner la lande. La route était déjà fort encombrée bien qu'il fût encore tôt et la chaleur était torride.

– En arrivant à la maison, je prendrai une bonne tasse de thé, cela me fera du bien et vous, ma chérie, vous apprécierez sûrement un grand verre de limonade.

– Cela me rafraîchira, en effet, répondit Demelza.

– J'y mettrai des glaçons, poursuivit Nattie. Le cuisinier a fait livrer un grand bloc de glace aujourd'hui, pour le champagne de ces messieurs. On n'en voit pas souvent, au manoir.

Mais Demelza n'écoutait plus. Elle imaginait le comte dans le salon où, peut-être, il ne viendrait plus jamais, se rappelait comme elle l'avait trouvé beau, la première fois qu'elle l'avait observé par le judas. Sans le savoir alors, elle l'aimait déjà.

Elle demanda à brûle-pourpoint, d'une voix qu'elle eut bien du mal à rendre naturelle :

– Sa Seigneurie part-elle aujourd'hui?

Elle ne devait jamais recevoir de réponse : à ce moment précis, la chaise de poste débouchait du virage et, à la seconde où elle parvint à la hauteur du cabriolet, alors que Ben tentait, mais trop tard, de dévier sa route, Demelza comprit que l'accident était inévitable. Elle voulut crier puis il y eut le choc terrible des roues et le cabriolet versa.

En revenant à elle, Demelza crut apercevoir, après avoir traversé un long tunnel, une petite lueur. Elle se sentait faible, presque désincarnée. Le moindre mouvement lui coûtait et, pourtant, son instinct lui disait qu'elle devait essayer. Puis elle distingua Nattie qui lui soutenait la tête pour la faire boire, comme elle le faisait autrefois, quand Demelza était enfant.

– Que... que s'est-il passé ? essaya-t-elle d'articuler mais aucun son ne franchit ses lèvres.

– Tout va bien. Vous êtes saine et sauve ! dit enfin Nattie, comme si elle avait deviné la question.

– C'était un... accident ?

– Oui, un accident, et votre tête a heurté une pierre. Mais le docteur dit que vous n'avez rien de cassé, il s'agit seulement d'une petite commotion.

– Je... je vais bien.

C'était une constatation mais Nattie l'interpréta comme une question.

– Parfaitement bien. Le médecin de Sa Majesté en personne est déjà venu deux fois !

– Deux fois, répéta Demelza. Il y a combien de temps ?

– Il est d'abord passé hier, juste après l'accident. Et puis aujourd'hui. Il a dit que, si nous avions besoin de lui, il viendrait spécialement de Londres. Une jolie dépense en perspective. (Demelza dut paraître inquiète car Nattie s'empressa d'ajouter :) Ne vous faites pas de souci. Ce n'est pas nous qui payons. Sa Seigneurie prend tout en charge.

– Sa Seigneurie ?

– Oui, il a été très gentil et il n'a pas voulu partir avant que sir William vous ait revue.

– Il est parti ?

– Oui, ce matin, répondit Nattie en tapotant les oreillers. Il n'avait plus rien à faire ici, maintenant que les courses sont finies.

– Rien... en effet, répéta Demelza en fermant les yeux.

Plus tard dans l'après-midi, Nattie força Demelza à manger un peu et la jeune fille se sentit mieux.

– Où est Gérard? demanda-t-elle, surprise qu'il ne fût pas venu la voir.

– Il est retourné à Londres avec Sa Seigneurie, répondit Nattie, il a laissé Rollo ici et il a eu raison, si vous voulez mon avis. Le cheval a besoin de se reposer.

Demelza se dit que son frère avait dû être enchanté de voyager avec le comte. Mais ils étaient partis et, bien qu'elle s'en défendît, elle se sentit tout à coup abandonnée.

– Sir Gérard a dit qu'il reviendrait peut-être la semaine prochaine, déclara Nattie, aussi vous feriez mieux de vous reposer. Et Abbot veut vous voir, il veut absolument savoir si Ben est responsable de l'accident.

– Tu lui as dit que Ben n'y était pour rien?

– Il aurait dû mieux tenir sa gauche, rétorqua Nattie comme si elle ne pouvait s'empêcher de critiquer, mais il est vrai aussi que le gentilhomme de la voiture conduisait comme un fou! Comme je dis toujours...

Nattie poursuivit son bavardage, mais Demelza ne l'écoutait plus. Elle pensait au comte et à son frère, côte à côte sur la route de Londres; à présent, la maison allait être bien calme. Il n'y aurait plus de rires dans la salle à manger et la chambre de son père resterait vide. Et elle n'aurait plus de raisons de condamner la porte dérobée à côté de la cheminée. Elle se rappela alors comment elle avait sauvé le comte, quand cette si jolie dame avait voulu le droguer, et Crusader, auquel on avait tenté de faire subir le même sort. Tous ces fantômes allaient la hanter désormais et surtout quand elle irait sous la tonnelle couverte de chèvrefeuille où le comte l'avait attendue. Elle ne pouvait oublier l'intensité de la vie qui s'éveillait en elle, son frémissement, l'exaltation ressentie quand elle l'avait rejoint et qu'ils étaient si près l'un de l'autre, sans se toucher.

Des larmes lui picotèrent les yeux mais pleurer était inutile : tout était fini et l'avenir s'annonçait morne et sans couleur.

Demelza descendit prudemment l'escalier, encore légèrement étourdie.

– Pourquoi voulez-vous déjà vous lever? avait interrogé Nattie du ton grognon qui lui était si familier, il n'y a aucune raison.

C'était vrai, Demelza le savait. Mais, en même temps, rester allongée sans rien d'autre à faire que réfléchir lui paraissait pire que tout. Aussi à peine son déjeuner avalé, que Nattie lui avait servi au lit, avait-elle insisté pour se lever et s'habiller.

Elle avait revêtu une de ses éternelles robes blanches et s'était coiffée; le miroir lui avait renvoyé l'image de son visage très pâle et de ses yeux, encore agrandis et assombris.

– Et surtout, n'en faites pas trop, avait conseillé Nattie. J'ai du travail à la cuisine. A quatre heures, je vous apporterai une tasse de thé et il faudra vous recoucher.

Sans attendre la réponse de la jeune fille, elle

était partie, l'air affairé, pour nettoyer et briquer la maison après le départ des visiteurs.

En arrivant dans le hall, Demelza constata que les roses, sur la table, s'effeuillaient et manquaient d'eau. Les fleurs du salon s'étaient aussi épanouies mais leur parfum flottait encore dans l'air. En se dirigeant vers la porte-fenêtre, la jeune fille se demanda si elle aurait la force d'atteindre la tonnelle. Mais elle se rendit compte qu'elle ne pourrait supporter les sentiments que cela provoquerait en elle. Avant de faire resurgir le passé, de revivre les moments enchanteurs passés sous la tonnelle et de se rappeler la voix vibrante du comte quand il lui avait déclaré son amour, elle devait d'abord recouvrer ses forces. Les souvenirs allaient devenir une souffrance constante. Mais que pouvait-elle y faire?

Debout devant la fenêtre, elle regardait le jardin, le soleil qui jouait sur les rhododendrons dont la beauté contribuait, d'une certaine manière, à alléger son chagrin. Elle entendit la porte du salon s'ouvrir mais elle ne tourna pas la tête, attendant que Nattie la gronde de rester ainsi debout. Mais ce fut le silence. Cela ne ressemblait guère à Nattie et Demelza se retourna. Soudain, son cœur bondit dans sa poitrine. Le comte était là, devant elle. Il était aussi imposant, aussi élégant, aussi beau qu'elle se l'était représenté depuis qu'ils s'étaient quittés. Elle le regardait, incrédule, les yeux écarquillés. Quand il s'approcha d'elle, elle eut l'impression que la paralysie qui lui scellait les lèvres se dissipait et elle se mit à trembler.

– Vous allez mieux?

Sa voix grave la fit frémir.

– Je... je... me sens bien.

– J'ai été affreusement inquiet.
– Pourquoi... pourquoi... êtes-vous ici?.
Il sourit.
– J'ai ramené Gérard et un marchand de tableaux. Ils sont en train d'examiner les toiles de la galerie où je vous ai vue pour la première fois.
– C'est... très gentil à vous, balbutia-t-elle.
– Venez vous asseoir, dit le comte, j'ai à vous parler.
Elle lui lança un regard interrogateur mais quelque chose en lui la subjuguait et elle s'installa dans le canapé, près de la cheminée.
– Nous avons beaucoup de choses à nous dire, attaqua le comte, mais d'abord, et c'est le plus important, quand allons-nous nous marier, ma chérie?
Demelza le regarda fixement, abasourdie. Puis, voyant qu'il attendait une réponse, elle parvint à balbutier :
– Mais... je croyais... j'avais compris que...
– C'est l'une des explications que j'ai à vous donner. A vrai dire, je vous dois d'abord des excuses.
– Des... excuses?
Il s'était assis près d'elle, mais il se leva brusquement et tourna le dos à la cheminée.
– D'une certaine façon, poursuivit-il d'un ton solennel qu'elle ne lui connaissait pas, je vous ai trompée sans le vouloir. Ma femme est morte il y a cinq ans.
Demelza le fixait toujours, incapable de prononcer une seule parole. Elle eut l'impression que les nuages se dissipaient sous un éblouissant rayon de soleil.
– Je ne vous dirai pas combien j'ai souffert,

poursuivit le comte, quand, peu de temps après mon mariage, qui avait été arrangé par mes parents quelques années auparavant, ma femme a perdu la raison. Qu'il vous suffise de savoir que, lorsque j'ai dû la mettre dans un asile, je me suis juré que, plus jamais, je n'accepterais d'être humilié de la sorte. (Il s'interrompit, le souffle court à l'évocation de ces terribles moments dont il n'avait jamais parlé à personne.) Mais, dans le monde, je me suis rapidement rendu compte que ma situation particulière de célibataire pouvait m'apporter bien des avantages.

Il n'était pas nécessaire de préciser : Demelza comprit que, bien qu'il eût beaucoup de succès auprès des femmes, il ne désirait ni liaison durable ni mariage.

– Je n'ai pas besoin de vous dire, ajouta le comte, que, lorsque j'ai découvert les avantages que je pouvais tirer de ma situation d'homme marié sans obligations, je ne révélai à personne la mort de ma femme, pas même à mes meilleurs amis. (Les yeux fixés sur le visage de Demelza, il poursuivit :) J'avais fait le serment de ne jamais me remarier et, même quand je vous ai rencontrée, ma chérie, je n'ai pas éprouvé le désir de m'engager à nouveau.

– Je... comprends, dit Demelza à voix basse.

– Mais, quand vous m'avez chassé, j'ai su que je ne pourrais vivre sans vous. (Après un moment de silence, il ajouta :) J'ai décidé de vous revoir, même si vous vous y opposiez. Et quand je vous ai vue tomber du cabriolet, j'ai compris que si vous mouriez, je n'aurais plus aucune raison de vivre.

Il prononça ces paroles d'une voix si tranquille que Demelza ne saisit pas immédiatement tout ce qu'elles impliquaient. Alors elle joignit les mains;

c'était son premier geste depuis qu'il avait commencé à parler.

– Voilà pourquoi je suis revenu, reprit le comte, pour vous avouer ce que j'aurais dû vous expliquer plus tôt. Et pour vous demander d'être ma femme.

Leurs regards se rencontrèrent, mais il ne bougea pas. Ils restèrent un long moment, les yeux dans les yeux. Puis Demelza se leva, comme le comte quelques instants auparavant, et alla jusqu'à la fenêtre.

– Je vous aime! dit-elle enfin. Je vous aime tant que je ne supporterais pas l'idée que vous puissiez un jour... regretter. (Le comte la regardait toujours sans répondre. Elle reprit d'un ton hésitant, comme si elle cherchait ses mots :) Maintenant que vous êtes libre... maintenant, ce ne serait plus une faute au regard de Dieu... et personne... ne pourrait désapprouver... sauf Gérard et Nattie... Je ferai tout ce que vous me demanderez... mais vous n'êtes pas obligé de m'épouser.

Sa voix s'éteignit. Demelza se retourna enfin vers le comte, dont le visage avait changé d'expression. Il s'approcha d'elle et la prit tendrement dans ses bras. Elle posa la tête sur son épaule et il la regarda avec une douceur infinie qui modifiait totalement sa physionomie. D'une voix grave et émue, il déclara :

– Croyez-vous vraiment que je ne cherche que cela, mon adorable petit fantôme? Je veux que vous soyez ma femme. Vous m'appartenez déjà, parce que nous ne formons qu'un seul être. Plus jamais je n'accepterai de vous perdre. (Il la serra plus étroitement encore.) Je suis décidé à vous attacher à moi par toutes les chaînes et par tous les serments possibles mais je crois que nous sommes déjà liés l'un à l'autre et aucun acte de mariage ne pourra nous rapprocher davantage.

Elle leva la tête et, dans son regard radieux, il lut qu'il venait de prononcer les mots qu'elle désirait entendre. Ils attendirent un long moment, éperdus, avant d'unir leurs lèvres par un baiser qui dissipa toutes les souffrances, qui inonda Demelza d'une joie presque surhumaine. C'était le vrai amour, à l'image de l'amour divin, un amour si parfait qu'il n'était pas de ce monde. Et cependant, le contact de leurs corps, le désir qu'elle percevait derrière la douceur du baiser provoquèrent en elle une douleur presque physique.

Les lèvres du comte se firent plus insistantes, il resserra son étreinte et il l'embrassa possessivement, passionnément.

– Je... t'aime, voulut-elle crier.

Mais les mots pourraient-ils traduire le miracle de leur rencontre, de leur amour, de leur union?

7

Le soleil qui avait brillé toute la journée fut soudain obscurci par de gros nuages. Et une pluie tiède commença à tomber, rafraîchissant la terre desséchée par un été torride. Le comte qui conduisait ne ralentit pas l'allure et les chevaux allaient bon train sur les chemins étroits qui serpentaient le long de la mer. Parvenu au sommet d'une colline aux pentes douces qui dominait une vallée verdoyante, le comte découvrit le bleu intense de l'Atlantique et le toit d'une maison tout en longueur, tapie dans les arbres. C'est alors qu'il pressa ses chevaux et qu'une expression de juvénile enthousiasme se peignit sur son visage. La maison lui apparut bientôt, avec ses jardins flambant des couleurs de l'automne.

La maison des Trevarnon – un ancien prieuré – appartenait à la famille du comte depuis plus de cinq siècles; elle était magnifique mais, surtout, elle dégageait une atmosphère chaleureuse et accueillante. La pluie avait cessé aussi soudainement qu'elle avait commencé et le soleil brillait à nouveau et incendiait les nombreuses fenêtres à petits carreaux. Le comte arrêta ses chevaux en nage devant la porte d'honneur, surmontée d'un portique. Il abandonna les rênes aux garçons d'écurie et pénétra dans le grand vestibule. Il n'y vit que le vieux Butler et un jeune valet qui le débarrassa de son chapeau et de ses gants. Dawson surgit alors.

– Madame m'a demandé de veiller à ce que vous changiez de manteau, milord, car le vôtre doit être trempé.

– Ce n'était qu'une petite averse, répliqua le comte.

Mais, voyant que Dawson attendait, il ôta avec impatience sa redingote grise bien ajustée et déboutonna sa veste. Dawson l'aida à passer la jaquette légère et confortable que le comte portait quand il était chez lui. Le maître d'hôtel tenait aussi à la main une cravate de mousseline.

– Vraiment, Dawson, c'est tout à fait superflu! s'exclama-t-il.

– Madame craint que vous n'attrapiez un torticolis, milord.

– M'avez-vous jamais vu souffrir d'une chose pareille?

– Il y a un commencement à tout, milord.

Le comte ôta sa cravate et saisit la mousseline perlée que Dawson lui tendait.

– J'ai bien l'impression, Dawson, que je suis en train de me transformer en enfant gâté et tyrannique.

– Oui, milord. Mais nous ne voudrions pas que Madame s'inquiète, répondit le domestique avec un large sourire.

Le comte sourit à son tour.

– Non, Dawson, nous ne voulons pas qu'elle s'inquiète.

Il noua l'écharpe d'un geste adroit puis s'engagea

dans le long corridor sur lequel s'ouvraient des pièces exquises, remplies de trésors de famille qu'il redécouvrait depuis son arrivée en Cornouailles. Il savait qu'il trouverait Demelza dans l'orangerie que, sur ses vieux jours, son grand-père avait transformée en salon, à la foie serre et véranda ouverte sur le jardin. Elle semblait toujours baignée de soleil et, quand il ouvrit la porte, une vague de parfum l'enveloppa. Il y avait de très anciens orangers rapportés d'Espagne, deux siècles auparavant, mais aussi des orchidées, des lis exotiques, des cactus en fleurs, et des azalées naines qui s'étaient jadis épanouies au pied de l'Himalaya.

A l'autre extrémité de la pièce, Demelza était étendue sur une chaise longue. Elle n'avait pas entendu le comte s'approcher et il la surprit de profil, le visage renversé, les yeux perdus dans le ciel, dans l'attitude de prière de leur première rencontre, dans la chambre des prêtres. Les deux épagneuls brun et blanc allongés près d'elle se précipitèrent sur lui; et Demelza se leva aussi, ses yeux violets encore pleins de soleil.

– Valient! Tu es de retour!

C'était un cri de joie. Elle traversa la pièce en courant et le comte l'enlaça.

– Tu vas bien?... Tu n'as rien? demanda-t-elle.

Mais qu'importaient les mots? Seuls comptaient l'expression du visage et leurs corps enlacés.

– T'ai-je manqué? demanda-t-il d'une voix grave.

– La journée a été très... très... longue.

– J'ai trouvé aussi.

– Je craignais que tu ne sois retardé, à cause de la pluie. Tu es mouillé?

– C'était seulement une averse et, comme tu vois, je me suis changé.

– C'est ce que... je voulais que tu fasses.
– Tu me ramollis, se plaignit-il.

Elle rit gentiment.

– Rien ne pourrait te ramollir; mais, même pour quelqu'un de ta force, il est inutile de prendre des risques. (Elle glissa ses mains sous la veste du comte.) Ta chemise n'est pas humide?

Quand il sentit, à travers la toile fine, les doigts de Demelza effleurer son dos, le comte la serra davantage et son regard s'enflamma. Il chercha les lèvres de la jeune femme et un long baiser balaya bientôt toutes leurs pensées sauf une : ils étaient ensemble.

Quand, enfin, le comte se détacha de sa femme, elle avait le visage radieux et ses lèvres douces encore entrouvertes.

– Mon chéri, j'ai tant de choses à te raconter, dit-elle d'une voix qui tremblait un peu. Mais tu dois d'abord manger quelque chose. Tu as fait une si longue route.

Elle le prit par la main et l'attira dans un coin de l'orangerie où une table était dressée, couverte de plats d'argent. Du vin de Champagne rafraîchissait dans un seau de glace.

– Ce sont des pâtés préparés comme tu les aimes, expliqua Demelza, et des crabes ramassés ce matin dans la baie.

– J'ai faim, reconnut le comte, mais je ne voudrais pas gâcher notre dîner.

– Nous ne dînerons que dans deux heures, répliqua-t-elle. Je craignais que tu ne sois retardé.

Le comte prit un pâté dans le plat en argent et se servit une coupe de champagne. Puis, sans quitter des yeux sa femme qui reprenait place sur la chaise longue couverte de coussins en satin, il s'assit sur une chaise confortable.

– Et maintenant, dis-moi ce que tu as fait, ordonna-t-elle avec impatience.

– J'ai acheté deux juments magnifiques à Penzance, répondit le comte. Je suis sûr qu'elles rehausseront encore notre écurie et elles auront l'âge idéal quand Crusader les montera, après avoir gagné le Derby.

– Tu crois réellement que cela marchera? interrogea Demelza d'un ton taquin.

– Comment pourrais-je en douter, puisqu'il s'agit de ton cheval et du mien?

– Je suis heureuse que ton voyage ait été aussi fructueux, déclara-t-elle, je craignais que tu reviennes déçu.

– Je savais que Cardew possédait quelques bons chevaux, expliqua le comte, mais ceux-ci sont exceptionnels.

– Moi aussi... j'ai des nouvelles pour toi.

Le regard fixé sur le visage de la jeune femme, le comte attendit la suite en caressant distraitement l'oreille de l'épagneul qui tentait de capter son attention.

– Les obstacles ont été posés aujourd'hui.

De toute évidence, il s'agissait d'une information importante.

– Posés? s'exclama le comte. C'est Hewson qui te l'a dit?

– Il voulait te faire la surprise et moi aussi. Le parcours est exactement celui du Grand National (1). (Elle marqua une pause et poursuivit :) A

(1) Grandc course de steeple qui se court à Aintree et à Liverpool.

présent, tu as des chances de gagner le Grand National et le Derby.

– C'est une véritable gageure, déclara le comte. Je suis novice en courses d'obstacles et cela peut se révéler plus difficile que d'entraîner Crusader pour le plat.

– Cela n'en sera que plus intéressant pour toi.

Il lui lança un regard aigu.

– Penses-tu que j'en aie besoin?

Elle le considéra d'un air plus éloquent que toutes les paroles.

– J'ai toujours... peur, expliqua-t-elle d'une voix douce, que tu ne t'ennuies... loin des réceptions mondaines... de tous ces gens brillants et spirituels... qui t'ont toujours entouré.

Le comte sourit, comme secrètement amusé.

– Crois-tu vraiment que ces gens me manquent quand j'ai trouvé ici, auprès de toi, quelque chose que je n'avais jamais connu de ma vie? (Il lut l'interrogation dans les yeux de Demelza mais il ne lui laissa pas le temps de poser sa question.) Un foyer! C'est une chose que toute ma fortune n'a pas pu me procurer. Et ce foyer que je n'ai pas eu enfant, je l'ai trouvé ici.

– Oh, Valient! Est-ce vrai? J'ai tant prié pour être capable de te donner cela.

Le comte posa sa coupe et alla vers la fenêtre. Son regard parcourut le paysage exquis qui s'étendait à perte de vue.

– Londres semble si loin, dit-il après un moment de silence.

– L'hiver approche et les gens vont bientôt rentrer.

– Tu veux me tenter? demanda le comte d'une voix où perçait une légère ironie.

– Non... pas du tout. Tu sais bien que, pour moi, être ici avec toi... c'est comme être au... paradis. Je n'ai jamais été aussi heureuse.

Il s'assit sur le rebord de la chaise longue, face à Demelza.

– Est-ce que je te rends vraiment heureuse?

– Chaque jour, je me dis qu'il est impossible d'être plus heureuse ni de t'aimer davantage, répondit-elle avec une ferveur émouvante. Chaque nuit.. je me dis que je me suis méprise sur tes intentions alors que toi... tu me fais connaître l'amour... Je ne pensais pas que cela pût exister.

Le comte ne répondit pas, se contentant de la regarder. Après un bref silence, elle demanda d'un ton légèrement inquiet :

– A quoi penses-tu?

– Je me demande quel est ce charme qui m'envoûte quand je suis avec toi. Finalement, tu n'es pas un fantôme mais une sorcière.

Demelza éclata de rire.

– Il n'y a aucun doute : je ne suis plus un fantôme, dit-elle. C'est moi qui suis hantée depuis que je t'ai vu la première fois.

– Et moi, crois-tu que je ne suis pas hanté? demanda le comte d'une voix grave. Hanté par tes yeux, tes lèvres et ton corps exquis, ma chérie, mais aussi par ton cœur et, surtout, par ton amour. C'est un envoûtement auquel j'espère ne jamais échapper.

– C'est... vrai?

– Tu penses que je vais répondre à une telle question? Si tu es heureuse, que crois-tu que je ressente en sachant que tu es à moi et que nous possédons la seule chose qui soit réellement importante en ce monde?

– Oh, Valient!

Demelza tendit les bras vers lui mais il resta assis à fixer ce visage adoré et si parfait, comme s'il voulait en graver chaque trait dans sa mémoire.

– Il y a autre chose, reprit-elle. J'ai reçu une lettre de Gérard aujourd'hui.

– J'étais sûr que tu aurais de ses nouvelles.

– Il est très touché que tu lui aies prêté les écuries de Newmark pour ses nouveaux chevaux de course. C'était vraiment... très gentil.

– Il y avait beaucoup de place, répondit le comte d'un ton indifférent. Surtout maintenant que nous en avons tant ici.

– Et Gérard est très content que tu aies si bien vendu les tableaux dont tu es le seul à avoir deviné la valeur. (Elle observa le comte à travers ses longs cils et poursuivit :) Tu dois reconnaître que tu as forcé le marchand à offrir davantage qu'il n'en avait l'intention.

– Je l'ai sûrement forcé à les acheter à ce que je considérais comme leur vraie valeur et je l'ai empêché de traiter Gérard comme un béotien en matière d'art, ce qu'il est, soyons justes.

– Il en a été heureux, dit Demelza en souriant.

– Les sentiments de sa sœur m'intéressent davantage, répliqua le comte.

– Tu veux que je te dise... à quel point je te suis reconnaissante?

– J'aime que tu sois reconnaissante mais mon intérêt pour ton frère était très égoïste. Je voulais que tu ne t'inquiètes que de moi, pas de lui.

– Tu es bien possessif! déclara Demelza en riant.

– Pas seulement possessif, mais foncièrement jaloux. Je ne peux pas supporter, et cela est vrai,

Demelza, que tu penses à quelqu'un d'autre qu'à moi. Je veux que tu m'appartiennes totalement. (Sa voix se fit plus grave et il poursuivit d'un ton passionné :) Je veux posséder ton corps. Je veux te posséder des cheveux à la plante de tes petits pieds mais je veux aussi ton esprit, ton cœur et ton âme. (Il effleura sa joue d'un baiser.) Je te préviens, ma chérie, au risque de me répéter : je suis jaloux même de l'air que tu respires.

– Oh, Valient! Tu sais parfaitement que je t'appartiens autant... que cela est possible. Je fais partie de toi et, si tu venais à mourir... ou à te lasser de moi, je deviendrais réellement ce fantôme... que tu croyais que j'étais.

– Il est exclu que je me lasse de toi, répondit le comte, et j'ai bien l'intention, si Dieu me prête vie, de vieillir avec toi.

– Une vie ne sera jamais assez longue, murmura Demelza, mais tu dois essayer, mon époux chéri, de ne pas être trop jaloux.

– Pourquoi devrais-je m'efforcer d'être autre chose que ce que je suis? La jalousie est un sentiment nouveau pour moi et savoir que je dois lutter pour te posséder aussi totalement que je le désire compense la souffrance qu'elle me cause.

– Lutter?

– J'ai parfois l'impression qu'il y a en toi quelque chose d'insaisissable, expliqua le comte, un secret que je ne partage pas.

– Qu'est-ce qui te fait penser cela?

Son regard s'était voilé.

– Une chose m'intrigue, dit le comte comme s'il se parlait à lui-même. La nuit, quand je te tiens dans mes bras après ces moments d'extase, j'ai l'impression que nous sommes si proches, si unis que nos cœurs battent à l'unisson et que nous n'avons pas de vie hors l'un de l'autre. Puis, quand arrive le jour...

– Que se passe-t-il... alors?

– J'ai l'impression que tu m'échappes; comme en ce moment, j'ai l'impression que tu me caches quelque chose. Quoi? Je n'en ai aucune idée. (Soudain, il posa ses mains sur les épaules de Demelza.) Qu'est-ce que c'est? Que dissimules-tu à celui qui devrait te posséder totalement, à l'homme qui t'adore mais qui est aussi ton conquérant?

Demelza était douce et soumise sous les mains qui l'agrippaient et la violence de la voix.

– Peut-être est-ce parce que nous sommes si... proches, mon chéri, dit-elle après un moment de silence, que nous comprenons chaque inflexion de la voix de l'autre... chaque émoi de nos âmes si étroitement unies que nous ne sommes qu'une seule pensée.

– Tu n'as pas répondu à ma question. Tu as un secret! Je le sais! Je le sens! J'en ai eu l'impression la nuit dernière et la certitude tout à l'heure, en pénétrant dans cette pièce! (La pression de ses mains s'accentua.) Tu ne me cacheras rien! s'emporta-t-il. Dis-moi ce que j'ignore, je ne te permettrai pas de jouer avec moi.

– Je ne joue pas avec toi... mon mari bien-aimé. J'ai seulement peur.

– De moi?

Elle secoua la tête.

– Je ne pourrais jamais avoir peur de toi... mais peut-être... un peu de ta jalousie.

Le comte fronça les sourcils.

– Qu'as-tu pu faire qui me rende jaloux?

Demelza ne répondit pas.

– Qu'essayes-tu de me dire?

Elle le regarda fixement puis détourna les yeux en rougissant.

– C'est seulement, murmura-t-elle, que je ne pourrai peut-être pas assister à ta victoire dans le Grand National.

Il fallut au comte quelques instants pour comprendre. Alors, il ôta ses mains des épaules de Demelza.

– Que dis-tu, ma chérie? Est-ce possible? Si tôt?

– C'est tôt, mais j'en suis sûre... Il n'y a aucun doute.

Le comte l'enlaça et la serra contre lui.

– Pourquoi ne m'as-tu rien dit?

– Je voulais être sûre.

– Et tu avais peur que je sois jaloux?

– Après ce que tu viens de dire... très peur.

– Je serai jaloux si tu aimes nos enfants plus que moi, mais je suis sûr d'une chose : ils ne souffriront pas, comme moi, de l'indifférence ni du manque d'amour de leurs parents.

– Non, ils n'en souffriront jamais, renchérit Demelza. Mon merveilleux mari chéri, nous leur donnerons tous deux notre amour, mais tu seras toujours le premier... tu le sais.

La passion qui faisait vibrer sa voix enflamma à nouveau le comte.

– Un fantôme peut-il attendre un enfant? plaisanta-t-il comme s'il voulait maîtriser la force de son désir.

– Je ne suis pas un fantôme, protesta Demelza. Tu as fait de moi une femme... une femme qui t'aime... tellement qu'elle ne peut rien souhaiter d'autre qu'avoir une petite réplique de toi.

– Si je te donne un fils, reprit le comte, il faudra que tu me donnes à ton tour une fille, qui te ressemblera, ma chérie, et que je pourrai chérir.

– La maison est assez grande... pour une multitude d'enfants. Et le jardin, qui est si beau et la mer, si proche... Mais peut-être...

Elle s'interrompit brusquement. Le comte, qui caressait de ses lèvres la peau douce de sa joue, releva la tête.

– Peut-être quoi?

– Peut-être auras-tu envie de quitter la Cornouailles et d'aller vivre dans une autre maison avant qu'ils ne soient en âge d'apprécier toutes ces merveilles...

Il lui sourit.

– Je sais ce que tu es en train de faire, mon amour : essayer de te préserver à l'avance de la douleur que pourrait te causer mon inconstance. (Un battement de cils lui indiqua qu'il avait deviné juste. Après un instant de silence, il ajouta :) Veux-tu que je jure que nous resterons ici jusqu'à la fin de nos jours?

– Bien sûr que non! s'écria-t-elle. Tu sais très bien qu'à partir du moment où tu m'as demandé d'être ta femme, j'ai essayé... de te laisser ta liberté. Je ne veux ni te contraindre... ni te limiter... comme d'autres ont tenté de le faire. Je souhaite que tu fasses toujours exactement ce que tu veux. (Le comte ne répondit pas et elle ajouta alors, presque timidement :) Je crois que c'est cela, le vrai amour. Donner sans rien demander, ne pas exiger d'autres promesses que celles qui viennent spontanément... du cœur. Où que nous allions, je serai toujours heureuse. Je ne veux pas que tu te sentes prisonnier d'un endroit. La seule chose qui m'importe, c'est ton bonheur.

Le visage du comte exprimait une grande tendresse. Bien qu'ils fussent mariés depuis trois mois, la profondeur des sentiments de Demelza et son intuition si parfaitement accordée à la sienne l'étonnaient encore. Quelle autre femme n'eût pas voulu le faire prisonnier?

Il savait, cependant, que la liberté dont il jouissait le livrait, pieds et poings liés, à Demelza car chaque parole, chaque geste la rendait plus désirable à ses yeux. Elle était la femme idéale dont il avait rêvé sans jamais la trouver. Et, sous son apparence fragile et éthérée, elle incarnait à la fois la mère, la femme et l'enfant.

Aussi n'était-ce que pour la forme qu'il protestait quand elle le couvait et s'inquiétait pour lui car il avait toujours souffert du manque d'affection de sa mère. En tant qu'épouse, Demelza lui donnait tout ce qu'une femme éperdument amoureuse peut offrir et bien davantage encore. Il était touché et fasciné par son innocence. Il l'initiait à l'amour et se sentait comblé, physiquement et spirituellement.

En tombant amoureux de Demelza et en s'efforçant de posséder entièrement, ainsi qu'il le disait lui-même, son corps, son esprit et son âme, il n'avait jamais imaginé, jusqu'à présent, que des enfants pussent naître de leur union. Ainsi deviendrait-elle vraiment une femme et il l'en aimerait davantage, et peut-être plus passionnément encore qu'il n'avait aimé la jeune fille innocente et naïve.

Demelza l'observait, légèrement inquiète.

– Tu es content... Vraiment content, Valient, que nous ayons un bébé?

– Je suis heureux, mon amour, répondit le comte.

Mais il va falloir être prudente; je ne permettrais pas, même si c'est pour notre enfant, que tu prennes le moindre risque.

– Tu ne vas pas me... dorloter!

– C'est ce que je ne cesse de te répéter mais tu ne m'écoutes jamais.

– La seule chose que je désire, c'est que tu m'aimes, dit Demelza, même quand je ne serai plus aussi jolie que tu... me vois aujourd'hui.

– Tu seras toujours la plus belle, répondit le comte d'un ton catégorique.

Puis il s'installa sur la chaise longue, auprès de Demelza qu'il attira à lui. La jeune femme posa sa tête sur l'épaule de son mari et caressa de ses longs doigts le dos musclé.

– As-tu encore d'autres surprises pour moi? demanda le comte effleurant de ses lèvres les cheveux de Demelza.

– Je crois que cela suffit pour aujourd'hui. Ah! J'allais oublier... je t'aime!

– C'est étrange, fit remarquer le comte, j'allais justement t'annoncer la même chose.

A travers la fine chemise, il sentit les lèvres de Demelza qui l'embrassait et il frissonna.

– Que ressens-tu, ma chérie? demanda-t-il d'une voix brûlante.

– Je suis... très... émue... troublée... parce que je suis contre toi.

Il lui saisit le menton et plongea dans ses yeux. Il était maintenant au-dessus d'elle et leurs corps se touchaient.

– J'ai pensé à toi à chaque instant, aujourd'hui. Et, pourtant, j'avais le sentiment étrange que tu étais avec moi.

– Moi aussi, répondit Demelza. Je voulais... que tu

sois avec moi... je voulais désespérément... que tu sois avec moi... comme maintenant.

Le comte caressa la hanche ronde et sa main remonta jusqu'à la poitrine douce.

– Tu dis que je suis libre, mon amour, mais je ne pourrai jamais être libre, même si je le voulais.

Avec une moue qu'il aimait, elle lui tendit ses lèvres. Il hésita un instant, comme s'il n'avait pas tout dit. Mais les mots étaient devenus inutiles.

Leurs lèvres se joignirent et il devinait que, derrière la douceur de sa bouche à elle, montait la même flamme qui les embrasait tout entiers. Le comte sentit son cœur se mettre à battre follement contre celui de Demelza tandis qu'il la serrait toujours plus étroitement.

Puis, dans un parfum de chèvrefeuille, ce fut, aussi libre que le vent, aussi profond que l'océan, aussi immense que le ciel, le mystère obsédant, la merveilleuse évidence de l'amour.

Achevé d'imprimer sur les presses de l'imprimerie Brodard et Taupin
58, rue Jean Bleuzen, Vanves. Usine de La Flèche,
le 5 novembre 1984
1021-5 Dépôt légal novembre 1984. ISBN : 2 - 277 - 21731 - X
Imprimé en France

1731
★★

Editions J'ai Lu
27, rue Cassette, 75006 Paris
diffusion France et étranger : Flammarion